正青春阅读文丛

我的中学时代

当时年少青衫薄

《读者》（校园版）
编辑部◎编

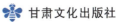甘肃文化出版社

图书在版编目（ＣＩＰ）数据

当时年少青衫薄 ／《读者》（校园版）编辑部编
. -- 兰州 ：甘肃文化出版社，2022.11（2024.5 重印）
　ISBN 978-7-5490-2535-0

　Ⅰ．①当… Ⅱ．①读… Ⅲ．①回忆录－作品集－中国
－当代 Ⅳ．① I251

中国版本图书馆CIP数据核字（2022）第125238号

当时年少青衫薄

DANGSHI NIANSHAO QINGSHANBAO

《读者》（校园版）编辑部｜编

总 策 划｜宁　恢
策划编辑｜周广挥　马逸尘　赵　静
责任编辑｜张莎莎　贾　莉
装帧设计｜VIOLET

出版发行｜甘肃文化出版社
网　　址｜http://www.gswenhua.cn
投稿邮箱｜gswenhuapress@163.com
地　　址｜兰州市城关区曹家巷 1 号｜730030（邮编）

营销中心｜贾　莉　王　俊
电　　话｜0931-2131306

印　　刷｜武汉安捷印刷有限公司
开　　本｜889 毫米 ×1194 毫米　1/32
字　　数｜200 千
印　　张｜8.25
版　　次｜2022 年 11 月第 1 版
印　　次｜2024 年 5 月第 4 次
书　　号｜ISBN 978-7-5490-2535-0
定　　价｜38.00 元

目　录

在那个时代，
不管诗写得好不好，
人人心中都涌动着巨大的诗意。

但，
我的心在天空漫游。

和自己赛跑的人

顾南安

顾南安　青年作家，作品见于《读者》《意林》《爱人》《哲思》《课堂内外》《疯狂阅读》等杂志，已出版长篇小说《青春若有张不老的面孔》。

我至今记得，那天，阿童在前面飞快地骑着车，丢下我好远，我猫着单薄的身子用力踏脚蹬，也没能追上他。穿过树梢的阳光特别明亮，落在他刚洗过的头发上，微微折射出光芒，掠过脸颊的风里飘来他发丝上洗发香波的清香，让人心旷神怡。

当我们抵达位于邻镇的二中，才发现学校比我们想象的要漂亮许多。只是环境陌生，我和阿童不得不拿着报名材料四处奔走。阿童不时地在我前面轻快蹦跶，一副青春无敌的痞样。我在后面紧紧追随，心想：他怎么可以那么有活力？

阿童一直都让我羡慕，因为他的特别——性子急，做事麻利，还有超越了年龄界限看待事物发展的独特眼光。新学期开始后，我和一

众同学在苦啃难度明显增加的数学、英语等科目时，阿童却时常背着老师，捧着不知从何处搜罗来的杂志翻阅。看得尽兴了，还不忘捅捅作为同桌的我："这人也太牛了吧?!"

那语气里，是赞叹，是羡慕，当然，也带着追问。

我偶尔也翻看那些文章，不外是商人白手起家，通过艰辛打拼最终成功的故事。我对此不感兴趣，只好勉强笑笑，继续埋头看课本。看阿童仍没多少学习的积极性，我又不忘鼓励他："只要你敢做，你也能成功。"表情已有些木然的阿童终于又笑了起来，说："多谢，多谢!"眼神中闪耀着希冀的光芒。

高二时，体育 1000 米跑步达标测试，限时 4 分 5 秒跑完。第一次，阿童和我都未能通过，被通知下次补考。原本体育就差的我抱着"不达标又奈我何"的态度，并不在意，阿童却专门跑去商店，花"巨款"买了一只跑表，说下次一定要过关。

每天放学，阿童都会拉我去操场。在起跑线前，他左手持表，右手施令，一副很专业的模样。看到他的手臂在空中一划下，我和他就开始飞跑。风迎面吹来，又从耳边"呼呼"吹过，像我们无处不在的青春。只是挥舞在身侧的双手怎么也握不住它。

双腿渐渐变得沉重，心跳也越来越剧烈，似乎一个不小心，心脏就会从喉咙里蹦出来。阿童总会在这时拉住准备放弃的我的胳膊，奋力向前。我挣扎过，可他的手就像一只铁箍，我越是挣扎手臂就越疼痛，最终只得悻悻作罢，继续跟跄着尾随着他。

那时，阿童在我眼中会渐渐变成坚毅、不轻易放弃的形象。我也终于有些明白，自己为何愿意和他那么要好了——大抵是因为，他总有自己的方向。

完成时间一点点地在缩短，甚至在后来，我们的补考成绩赶超了当时的全班第一名。阿童对此很有成就感，逢人便说。我却没太多感触——那时，我唯一的目标就是考上一所好大学，将来有一份好工作。所谓"好"，用丁老师的话说，就是："够稳定，风吹雨打都不怕。"

丁老师是二中的一名老师，我和阿童一起跑步时与之相识。起初，他见我跑步时不得要领，就上前热心地给我讲解步伐与呼吸的关系，还亲自示范。后来接触多了，才知道他是个才子，学识渊博，精通音律、书法和写作。

我曾特意去他家看过他的作品，书法刚劲有力，又不失洒脱飘逸，颇有柳公权之风。而他写的散文，柔和、清淡，读后犹如品明前新茶，唇齿留香，回味悠远。某个时刻，真心觉得文雅、恬淡如丁老师，也是一种境界。

钦佩之际，我也曾试图拿起笔杆，写几篇行云流水般的文章，却每每在落笔时，深感力不从心，纵使勉强开了头，后续也无以为继。于是，我又找来一些文学名著在课余饭后苦读，企图汲取一些养分，让笔头不再那么干涩，但进步极缓。

大概就是在那时，阿童郑重其事地跟我说，他准备辍学。

我在愣怔了好几秒钟后才反应过来。阿童接着对我说："学校里教的内容，并没有太多我想掌握的，所以还是有必要去闯一闯。你看，外面的世界多精彩啊！"

那天过后，阿童就再也没来学校。班主任让我去他家找他回学校读书，前几次他还在家，只是怎么都劝说不动，后来再去时，他已跟着亲戚去了广州。

　　我怀念和阿童在一起的日子，也不时会想起他。或许对于他来说，外面的世界才会让他焕发活力吧。只是令人遗憾的是，阿童临走时，连个联系方式都没留下，我之后的大多数时光，都是一个人学习，学习，再学习。

　　后来却发生了一件让我暗自欣喜的事儿——原来的语文老师调动到其他学校，接替他的是丁老师。看着戴着高度近视眼镜的丁老师在讲台上侃侃而谈，我对他愈加崇拜。

　　更令我惊讶的是，丁老师对英语、数学等课程的题目也毫不畏惧，每每有同学向他请教，他总是不会被难住。特别是在我们上晨读课的时候，他会从任何课桌上拿起一本书，大声朗诵，虽然他的声音和同学们的声音混杂在一起，但极具辨识度。

　　因为丁老师，我的语文成绩有了明显的提高，写作也长进了不少。有几次，他还把我的作文朗诵给全班同学听。我多少有些窘迫，觉得不好意思，他却对着全班同学声情并茂地分析哪些句子写得好，哪些句子不够完美、亟待改进。

　　我受益匪浅，也对他愈加感恩。临毕业时，我买了一套精装的《川端康成文集》送给他，他并不拒绝，又和我深深浅浅地聊了一下午。我临走时，他像记起什么似的冲回屋里，拿出一幅自己作的画给我，我欣然接受，心里却又涌起淡淡的惆怅——如果上了大学，或许以后就很难再见到他了。

　　他送我的画，被我用一个相框装裱了起来。画中，一个高瘦的人正用力迈动双腿向前奔跑，影子被他甩出好远。他看起来那么孤独，却又一脸的坚毅和不服输。画的名字很特别，叫《和自己赛跑的人》。

　　在无数个对大学生活满怀期待又难免焦灼的夜晚，我面对着桌上的画，久久不能入睡。丁老师、阿童和我，都算是和自己赛跑的人吧。虽然我们有这点类似，但我们在人生的岔路口还是选择了不同的方向。

后来，阿童主动打电话给我，恭喜我考取了教育部直属的师范院校。我责怪他不够兄弟，这么长时间音讯全无。他嬉笑道："在外打拼，很辛苦，只顾着自己向前冲了。"后来，又聊了各自的生活，直到手机发烫，仍觉得意犹未尽。

大学的课程并不多。闲暇时，我总会泡在图书馆，以神农氏尝百草的心态翻阅一本本书，为日后的工作和写作打基础。虽然那时我已在报纸上发表了一些文章，但仍觉得不够，还有更宽广的天空等我翱翔。

在大三时遇见丁老师，是让人极觉意外的喜事。我愣怔地盯着他从我眼前走过，不敢相信他会真的出现在我所就读的大学校园里，及至他走出好远，我才想起手机上一直存着他的电话号码，急匆匆拨过去询问，才确定是他。

他说，我读高中那几年，他就开始为读研究生做准备了。我蓦地想起在无数次的晨读课上，他抓起一本书，就开始大声朗诵，专注到忘我，厚厚的眼镜片遮挡不住他眼中所闪烁的睿智。原来，他是厚积薄发。

时光倥偬流逝。大学毕业后，我回到家乡当了一名老师，却在街上巧遇了阿童。我们在他开的家纺店里畅聊了一下午，我脑海里浮现最多的两个字是"敬佩"。

当年，阿童去广州后，日子并不好过，好在他一点也不怕吃苦。他从摆地摊卖手机套做起，一点点积累创业资金。其间，他住过地下

室，也睡过马路，辛苦打拼了六七年，终于完成了资本积累，回到家乡，在县城最繁华的路段开了这家家纺店。

望着眼前商品琳琅满目、顾客如织的场景，我忍不住赞叹阿童真有商业头脑，他"嘿嘿"一笑，说："那些年拼死拼活，不就为了让今天好过一些吗？"

我笑笑，表示赞同。后来得空，也就常去他的店里转悠。直到有一天，我远远看见一个熟悉的身影——是丁老师。我和阿童争抢着向他走了过去。

亲切地聊了许久，关于我们的中学时代。只觉那些时光悠远又迫近，仿佛还在昨天。当我们将手中的酒杯碰响，祝贺丁老师到一所职校当老师，又出了几本书，还举办了个人书法展。丁老师又带着些许自豪，祝福我和阿童事业有成，明朝更辉煌。

那一刻，望着彼此眼中闪烁的亮光，我忽然想起了丁老师送我的那幅《和自己赛跑的人》，也想起那些年，我和阿童在操场上的一次次奔跑，只为超越当时不够优秀的自己。

或许，人这一生就是一场赛跑，陪跑的总是别人，对手却永远是自己。当我们奋发图强，超越了原来的自己，也就距离自己想要的生活愈近，而这也正是我们时刻不忘努力所追寻的生活的意义吧。至少对于丁老师、阿童和我来说，是这样的。

山一程，风一更

南在南方

南在南方　本名毛甲申，男，原籍陕西省镇安县，现居武汉。1989年高中毕业后，挖过煤，伐过木，做过园艺。知名作家，现任《幸福》杂志主编。

家在北阳山里，冬天让雪一渍，夏天让树一染，便藏起来了。家乡没有扬名的风物，只有一个地方跟地质名词"逍遥阶"联系在一起。逍遥阶是中国石炭系顶部的一个阶，位于达拉阶之上，下二叠统紫松阶之下……层型剖面位于陕西省镇安县西口区石门垭。

石门垭是我念书的必经之地，两边都是石阵，像门。一位老先生写过两句诗："天生篱栏不用荆，牛羊瓜菜两厢分。"描绘得恰如其分。

从垭口向东，走10多里就能看见我家，不过，回去还要半小时，得下一道坡。从垭口下到山脚，向西20里就到学校，路上会遇到一条小河，沿着小河走，又有几条小河汇进来，渐渐有了小小的水声。

学校在龙洞川和程家川交界的地方，不过，我们一直喝程家川流来的水，蹲在河边捧着喝，暴雨之后，河里的水要浑一阵子，渴了就忍着，学校不供应开水。

民歌唱："哥哥你走西口，小妹妹我实在难留。"跟我们的西口一点关系也没有，那唱的是山西，但不影响我们跟着唱，少年心思，有点飘忽。

1984年的秋天，我到了西口中学，之前我在甘沟中学走读上完初一，学校被撤了。我们背着小木箱和被子，手里提着咸菜桶和干粮，开始了5年的睡大通铺、吃大锅饭的集体生活。

那时的山村中学，说是有食堂，其实就是摆两口直径1米以上的牛头锅，用来煮玉米糊。做饭时，大师傅得上到灶台用铁铲搅才能搅动玉米糊。

这样的伙食男生一顿吃半斤，女生3两就够了。饭端回宿舍，就着自带的咸菜吃，一不小心菜吃完了，撒点盐搅搅，也是一顿饭。

那时候，没有钟表，有上下课的铃声就够了。没有课外书，就有许多时间用来幻想。没有电视，可我们能听见广播，我给县广播站投稿，还得过8毛钱的稿费。

1986年，我们参加中考，那是我第一次到县城，小县城的繁华让人喉咙发干。那时我们一门心思想要考上中专，这意味着将来能吃商品粮，但是我们基本上无缘中专，于是许多同学便不再念书，回家务农了。父母支持我念高中，那些年西口中学的高考升学率几乎为零，很多人觉得上高中就像王大娘熬糖——糟蹋麦芽子。父亲说多念几年书总是好的，于是，我再次背着小木箱和被子，回到西口中学读高中。

这样，我又有了许多新同学，老师也是新的，我知道了很多地名，听说了好多有意思的事情。

教我们高中语文的是陈先生，大学毕业不久，说话有轻微的鼻音。他用了两节课给我们读了鲁迅先生的《阿Q正传》，读到"我和你困觉，我和你困觉"时，大家哄堂大笑。他让我们严肃点，自己却忍不住笑了一下。

陈先生让我们写作文，其中有个题目叫"给20年后的自己写一封信"，至今难忘。在那篇作文里，我少年轻狂，写下了自己的梦想：

> 20年后的我，要告诉世界，我将远离以下事情：面朝黄土背朝天；砍柴挑水；赶着母猪去配种，背着小猪沿街叫卖；为省两分钱跑上十里路；为牛羊吃了一棵苞谷和人吵一场架；抱个老碗蹲在墙脚吃饭；孩子不长个子给红椿树喂饭，念叨什么你长高我长长；喝完中药把药渣倒在地上用脚踩，说什么这样也可以治病；看一场电影打着火把翻两个山头……

分科之后，宁其林老师来教我们语文。宁先生穿4个口袋的衣服，背着手，踱着方步，颇有老学究的风范。

宁先生教我们作文。他告诉我们，写作文讲究"眼前景致口头语"，他觉得这样写出的文章才是好的。这句话我始终铭记。多年之后，我们见了一面，先生已经头发花白，我感谢他的教诲，他只是摇手说："那是你自学的！"

我分得清多重复句，但证明不了三角形的内角和，这是让人头痛的事儿。好在还有历史课和地理课，教地理的马连生老师，声可震

瓦。马先生每讲洋流，讲鱼随着洋流从南到北，那么大声，让人想着会不会把鱼吓跑了？

"仰观宇宙之大，俯察品类之盛。"念书总是好事，况且班上还有人会吹笛子。没人教他，他自个儿学会的，他一吹，我们便觉得耳朵有福，我们甚至跟着笛声学会了唱《昨夜星辰》和《木鱼石的传说》。还有个同学写诗，深沉得很，有一天我们想捉弄一下他，趁他不在，一个同学写了张纸条要和他约会，署名来了一句"知名不具"。然后我们告诉他，发现了一个秘密，说着要翻他的书。他从书里看见了字条，然后把字条吞进肚子……

月亮很好，有时去学校外面转转，那里有千年桦栎树。偶尔在农家地里拔一个萝卜，在石头上磕掉土就嚼，脆甜。柿子埋在地里，过几天扒出来，涩味没有了，也脆。

我高中三年只看了一本没头没尾的书，书脊还在，上面写着《一颗红豆》。

那时候，相思啊，爱情啊，都是令人眼热的字眼。那时的校园里看似波澜不惊，但我们的心里偶尔也风吹草动。

《一颗红豆》来得很是时候。时隔多年，我依然记得书里的女主人公叫夏初蕾，男主人公一个叫梁致文，一个叫梁致中，他们还有一个妹妹叫梁致秀。初蕾和致秀是同学，她和梁家兄弟认识了，先是和致中恋爱，然后分手。这时沉默的致文走近了她，但始终没有向她表白，而是给她看一颗红豆。初蕾的父亲移情别恋，她气急败坏，跳桥轻生，梁致文要救她，也跟着跳了下去。她苏醒后问致文在哪里，没想到他已经成了植物人。她去看他，说了很多告白的话，然后"有两粒泪珠，正慢慢地从致文的眼角沁出来，慢慢地沿着眼角往枕上滴落……从没看过这么美丽的泪珠，从没看过生命的泉水是这样流动的"。

故事就到这里，留下了很大的想象空间。那时的我迫不及待地想要和女同学来讨论这个结尾，这本书是她带来的。

那个女同学愿意和我交流这个话题，只是她也不知道答案。后来，我找到了琼瑶那本小说的完整版，看到了结尾：梁致文慢慢站起来了，夏初蕾种下的那颗红豆已经长出苗子。虽是小说，这个结尾还是让人高兴。

潘采夫说："琼瑶和金庸都是青春期的劳改专家，一个把灵魂冲动的底线牢牢控制在嘴巴，一个把肉身澎湃的出路指引向练武。"

这话让我乐了一下，又叹息了一下。

1989 年，我通过预选，参加了高考，然后，名落孙山，自此离开校园。伐过木，挖过煤，做过皮匠，一直坚持写字，后来，做了编辑，还是坚持写字，好像这样，我才能看见自己，得到有限的安慰。

一条未知的人生之路

老 愚

老 愚 陕西扶风人，1985年毕业于复旦大学中文系。FT中文网专栏作家，社会观察家，出版人，曾获"2011年亚洲出版人协会评论大奖"，入选"2012年凤凰网和网易十大文化影响力博主"，著有《正午的秘密》《在和风中假寐》等作品。

1976年春节过后，我升入高家学校六年级（编者注：旧时学制，小学共五年，六年级即为初一，且一度为春季入学），中学时代开始了。

学校早就变成了生产队，国家号召"学工学农学解放军"。大约是从四年级起，我们便放下书本，扛起锄头铁锨，排队唱歌走向田间地头。拾麦穗，摘棉花，掰玉米棒子，日子是过得快活，但几乎什么也没学到手。写黑板报，说"三句半"，都是抄报纸上的玩意儿。当时因为一个名叫黄帅的北京女孩闹革命，老师不敢教课了，我们则名正言顺地放弃了学习。初中第一学期，数学老师教我们一元一次方程，几个顽劣生阴阳怪气地敲桌子叫道："×！×！×是啥？×他就是老黄牛——我们都是×！"教师涨红了脸，课程无法正常进行下去。

第二年，国家恢复了高考制度，不再讲阶级出身。每个人都瞪大了双眼，把手伸向命运的怀抱。

父母看我的眼光里也多了一丝柔和，身为长子的我，隐约感到自己变成了一棵树，一棵寄托着这个家庭全部期望的树。

造句，背成语，写作文——对我来说语文不难。所谓写作文，就是把老师刻印的范文背了又背。代数、几何，也好理解。物理和化学，才是真正的拦路虎。荒废多年的大脑，很难理解电磁定律和化学反应方程式。

我们每天盼着太阳落山，当红皮球滚下山，光亮骤然消失之时，大家心里一阵轻松：终于能回家吃饭了。

家里在我13岁那年为我定了亲。那是一个夏天的中午，刚进院子，母亲就使眼色，把我叫到厨房，大姨小姨笑嘻嘻地瞅着我："你媳妇来了。"母亲让我端饭进屋时仔细瞅一眼——"好好看，你得跟她过一辈子哩！"我不知道自己是怎么迈进上房的，进门后低头飞快扫了一眼，便像被马蜂蜇了一般逃出来。定亲本是父母想让我安心之举，但当我从班主任曹积良老师那儿看到一本书之后，突然有了梦想。那本印刷粗糙的长篇小说《青春之歌》，主题讲的是革命青年追求进步，为正义事业献身，而我感兴趣的只是男女主人公的恋爱——北平，表白，北戴河，大海，卢嘉川，林道静……我要做不死的卢嘉川，好与我的"林道静"共度一生。革命一旦与爱情融为一体，它的

召唤无与伦比。

林道静那样的女学生，在秦岭之外。而眼前这个家人为我安排的与我同龄的"媳妇"，矮矮的，黑黑的，小学毕业后就回家干活了，温顺地长在七八里外的农家院子里。

一心想要摆脱这门亲事的动力促使我卖命读书做题，并很快成为老师喜欢的好学生。

1978 年秋季，我进入塬下的绛帐高中理科一班，被作为尖子生重点培养。

但，我的心在天空漫游。

校园是一个考试集中营，气氛凝重，每一个进来的学生，都在瞬间被催熟了。

饭食粗劣，住宿简陋。早饭买一碗玉米糁子粥，掰开背来的锅盔，就着豆瓣辣子，几口下去了事。午饭，一毛钱买一碗分量少得可怜的面条，汤里还经常会发现溺毙的苍蝇。下了晚自习后，常常已是月明星稀，一间大屋子，上下两层通铺，床上虱子乱跳，四周呼噜作响。就这样，我在别人的梦话里渐渐沉入梦乡。夜半醒来，风吹来一阵阵浓烈的尿骚味——原来是图方便的人在宿舍墙外小解。一个个躁动的少年，把自己裹紧，生怕泄露了生命的秘密。偶尔，你会瞥一眼同班男生油光锃亮的头，会假装无意间撞见了某个俏丽的女生。

阅读和遐思支撑着贫瘠少年挨过了这乏味、呆板的日子。

图书馆能借的书就那么几本，无非是几本皱巴巴的"鲁郭巴老"——鲁迅艰涩难解，郭沫若轻狂飞扬，巴金幼稚煽情，老舍油滑冗长，都很难读出美感来。激活我的是阅报栏里的几份报纸：《文汇报》《光明日报》《中国青年报》，它们每天把中国的气息带给我，让我的目光越过关中平原，眺望远处：北京，上海，广州，天津，南京……一个个地名打开了我内心的想象之门。《中国青年》杂志的人生观讨论，犹如一块巨石投入心湖。从小到大，第一次听到有人诘问：人生是什么？人生的路为什么越走越窄？在那一刻，我感觉自己活过来了，我是一个独特的生命，我得过有意义的人生。

同学大多都在埋头做题，他们在追赶那个叫"成功"的东西，他们要抓住命运的巨手，从黄土地跳出去。

话语只能在内心悄悄发酵，但他们迟早会生出翅膀，飞到高处去。

我对自己说："你得飞，只有飞出去，这儿的一切才有意义。"

因为张扬的长篇小说《第二次握手》里主人公的名字叫"苏冠兰"，我便对"苏"字产生了好感。"一个人的一生，应该只有一次爱情，也只能有一次爱情。"女主人公丁洁琼的话不啻一枚核弹，击中了多情少年的心。我相信远方一定有一个人在等着自己。尽管不知道爱情是什么，但我坚信自己会恋爱一场。定亲是婚配，恋爱才叫生活。我也相信有一条属于自己的人生之路在远方，而不论如何艰难，总会踏上那条唯一的道路。

上课，做题，竞赛；教室，食堂，寝室。美术课是没有的，初中的音乐课就是学唱《歌唱祖国》，到高中，快马加鞭为高考，连体育课都减少到不能再少的程度了。学校把正在发育的"小兽"们当成不知疲倦的考试机器，无人关注我们的心理和生理，动脑子，不动身体，死记硬背之外，就是日复一日地解题。下晚自习后，上进的几个同学仍点燃煤油灯，一直到12点才离开教室。不知不觉，同学们就被分成了好生和差生两个阶层，被老师溺爱或鄙夷。成绩好，一切皆

好。没有诗歌，没有戏剧，没有远足。而关乎道德、情操、审美、体质，更是无人过问。

不时有同学发疯，然后就退学。大家哀叹一声，又埋头做题了。

现在想想，我庆幸自己还有别的生活。从初中毕业那一年到高中两年，三个暑假里，我跟随父亲在咸阳、西安、宝鸡等地的工地上打工。折钢筋，拉木料，搬砖头，忙完一天后就累坏了，一屁股坐下去就能睡着。

但我那时也窥见了另一类人的生活。城市让我激动，一切人造的东西也让我着迷。楼房，行道树，汽车，穿裙子的少女，书店……那里面有无数你不认识的人，他们会展开自己的故事，他们会相遇、相爱。有无尽变化的地方，人才会有美妙的人生。城市的门槛很高，我能拿到通行证的唯一方式只有考试。

我在绛帐镇新华书店买小说，在扶风县邮局买《萌芽》《散文》，在西安钟楼邮局买《延河》《鸭绿江》《上海文学》，一切文学杂志都会让我欣喜。我如饥似渴地阅读，想知道更丰富的人生故事。在扶风县文化宫阅览室，我沉浸于长篇小说《蹉跎岁月》里所描述的情感世界。

我得有自己的故事。

当时流行"学好数理化，走遍天下都不怕"这样的说法。我早就想转文科班，但文科生被贴上了轻浮、无知的标签，没出息的人才学文科呢。在课堂上，我心里转动的却尽是未知的人文世界，我对社会、历史、人物和人性的兴趣，远远高于牛顿定律与摩尔反应。糊里糊涂就到了高考的日子，政治、语文、数学侥幸答过，拿到物理和化学卷子，我大脑一片空白。最后我以20分之差名落孙山。

第二年，我立志报考文科，父亲找远房亲戚帮忙，让我进入扶风中学文科复习班。

在 5 月份的预考中，我对监考老师说："题目太简单了，恐怕分不出好坏。"老师瞪圆双眼："看把你能的！你答答看。"

10 天后，高音喇叭宣布我获得全县预考第一名。

1981 年，我以陕西省宝鸡地区第一名的成绩被复旦大学中文系录取，如愿以偿步入人文之路。在填报志愿时，我选了两个：一是中文系，圆作家之梦，以文字表达自己的所思所想；一是新闻系，当记者，以刚直之笔记录中国变革进程。

三十多年来，我写作，也当记者，在自我表达和客观记录两个维度上实践着自己少年时的愿望。

阅读改变我的眼光

顾文豪

顾文豪　书评人，专栏作者，复旦大学中文系在读博士。现为《书城》《新京报》《南方都市报》《上海书评》《外滩画报》等多家主流文化媒体撰写文学艺术类书评。

人与万事冥冥中有缘分。

小时候，母亲身体不好，生怕我吵闹、走丢，就随手扔过来一本书，让我搬个小凳子坐着读。我也老实，自会乖乖听命，任弄堂里的小朋友在门外招呼。时间长了，倒果真喜欢起读书来了。

中国的家长还是信奉读书的。家长喜欢攀比谁家的孩子认字多，似乎多认一个字就能让做爹妈的腰杆挺起来一寸。我至今还是认为读书的习惯越早养成越好。这种习惯非关知识，而是学习一种和自我相处的方式。

读书像是涉入一片海，你起先会惧怕它的广阔，但只要缓过初始的不适，接着就会感觉它蕴含了无边的乐趣。

在 1992 年，彼时每次家里来了外地的亲戚，总会问我要什么，我就会不好意思地拖着他们去离家不远的新华书店，挑选一册当时定价 12 元的《彩图世界名著 100 集》。那时的书店尚未开架销售，书都被锁在柜台里，营业员则一溜儿站着，三三两两说着闲话。若是顾客相中了哪本书，这才慢腾腾地从柜台中递出，郑重如仪的场景如今在珠宝首饰店才有。中间取放的回合千万不可超过三次，不然营业员没好脸色。

我就是在这套书里头一回读到《西游记》《镜花缘》《白雪公主》《阿拉丁神灯》这些故事的。那时我不全认得书里的字，大约看着图画，才能大致弄明白讲的是什么，再不济，就问大人。不过那时真不知道，也许我和文学的缘分就这样开始了。

除了给我买书，父母还是我的文学领路人。当我懂事后，第一回郑重其事买世界名著来看，父母推荐的是托尔斯泰的《复活》，而且叮嘱我要读草婴先生的译本。读外国小说，且知道译本有高下之分，亦是多亏他们告知，于是我连带知道了李健吾、周扬、方平、杨必。"过了两分钟光景，一个个儿不高、胸部丰满的年轻女人，身穿白衣白裙，外面套着一件灰色囚袍，大踏步走出牢房，敏捷地转过身子，在看守长旁边站住。这个女人脚穿麻布袜，外套囚犯穿的棉鞋，头上扎着一块白头巾，显然有意让几绺乌黑的鬈发从头巾里露出来。她的脸色异常苍白，仿佛储存在地窖里的土豆的新芽。那是长期坐牢的人的通病。"初读名著，全然不曾也全无兴致去领会所谓的深意，只忙着看老师、父母推荐的大作家怎么写，好像上头这段玛斯洛娃的亮相，托尔斯泰就有本事写活。是的，写活。什么意思呢？就是你读下去，脸色凝重，心里却非常舒畅："嗯，是的，是这个样子的，没错，

就该是这个样子的。"难怪当初屠格涅夫将《战争与和平》第一册介绍给福楼拜读，福楼拜叹道："啊！一流的画家！"

初中这段时间，我读得最多的大概也就是外国文学名著了，而最合我意的则是英国文学，尤以毛姆的作品最为钟爱。它们符合我所有关于英国的想象，优雅、睿智、深刻和悲伤。那时我花了两周狂读《人生的枷锁》，菲利普的故事让我心痛而着迷。说实话，我当时并不很理解所谓人生与所谓人生的枷锁，大概至今也未必说得上什么理解，但书里散发出来的情绪好似潮水，一点点蔓延到我的内心。

读了一些世界名著之后，我开始慢慢读些中国人写的东西。很庆幸彼时读到了高阳，这位华文历史小说的巨擘。按我今天的认识，少时读书最要紧的是习得一种语感，确立自身和语言的一种关系。而今日有人所谓不爱读书的种种困惑，其实大多是从未和语言玩耍嬉戏过。

高阳小说的中文在我看来，是地道的白话文。胚胎于古代文言小说，却又不酸腐拗口，读来沉着有力，而经过五四白话文传统的洗礼，有种没来由的民国味道，少用僻字，却照样生发出朗润的风格，这全在字词的组合和文句之节奏感。那时读，当然不如今日体会之深，但它扎扎实实地向我展示了中文可以写得如此清新流畅，即便自己文笔拙嫩，它却赋予我看待中文的一番眼光，日后读书，哪位作者文字枯槁、字句涣散，不论内容多丰厚，我照旧掷书不观。我知道这是自己的小气，但我不打算在语言问题上变得开明大方。

另外一桩奇妙的事，则是在念高中的时候。现在想来，似乎很多奇妙的事情都发生在上高中的时候。这每天都可能有新奇事情发生的日子，却成为我一生中最稀里糊涂的一段时光。

好事情，就要在稀里糊涂中发生，才更好。

我所读的高中，有一个很大的书库，书库由一位老校工看管。真是看管，他兜里揣着一长串钥匙，谁要进书库，就得央求他开门。他总是笑眯眯地从这大把的钥匙中挑拣出一把，把门打开。说起这位校工，也是很神奇的。听说他早年教数学，后来很早就学了计算机，只是因身体不好，才被搁在图书馆做杂务。我和他关系不错，大概当时也只有我整日嚷嚷着要进书库看书，所以他至今还认识我。哦，不对，还有一对男女，每日也去书库，只不过他们是进去好找一个幽静的地方谈恋爱。

在书库里，我发现了阿城。

两本薄薄的小书，《常识与通识》和《闲话闲说》，作家出版社出版。

先是喜欢这两本书的轻巧可人，再是喜欢里面的故事。按照我当时的水平，我不觉得这两本书写的是散文随笔，只觉得这其中的说法有趣，好记下来在同学面前耍耍威风。不过，有些东西你别碰它，碰了，就由不得你了。

我那时真想悄悄把这两本书偷出去啊。

最终我还是没敢，但阿城的名字我记下了。进了大学，跟朋友说起阿城，要他们看阿城的书。得到的回答总是："阿城，哪个阿城？"我晓得，阿城不是通常我们以为的作家那样，可以像唾沫般挂在舌尖上的。

读过阿城的书的人知道，阿城喜欢自嘲，喜欢把自己放低。也许你会说这是文人的通例，当然也对，但我觉得一个人一直如此，并不见得就是简单的行为克制，而是有一套观念和想法的。我想是因为阿

城懂得人的渺小和卑微，阿城看到了人自身的局限与动物性，所以，阿城把自己放低的时候，恰恰是把自己放大的时候。而我们通常把人强行拉大的时候，看到的是符号，而不是人的样子，或是人本应有的样子。

我读阿城的书，就觉得一个人能如此平静地看待事物，前提是对人的本质和在世界中的位置有清晰的认识才能做得到。

是的，阿城，如果你没读过他的书，我劝你不要读。

如果你读过了，那我不必劝你，因为所有读过阿城的书的人，都知道我要讲的下一句话是什么。

读了阿城的书，就知道世界还有另一种认识的维度。

此后读的书日渐多了，但也谈不上有怎样的抱负和心得，无非是喜欢读书，一日不读，心就发慌。

回想一路走来的读书生活，我无心说明阅读与知识给我的生活带来多么巨大的变化，因为我相信所有真诚的阅读开端都与功利无关，甚至与命运也无关。从某种意义上说，阅读只是交给你一双看待命运的别致的眼睛与对待命运的别致的方法。它用前人的经历告诉你，没有一种命运强大到足以让你失去对命运本身的信心，也没有一种命运不堪到不能让你有拥抱它的美好愿望，我们所能做的只是在无限的阅读中去延展有限的人生，进而皈依到最终的阅读生命本身。

大丙出头记

刘　墉

刘墉　画家、作家、教育家。美籍华人，生于中国台北，祖籍浙江临安。曾任美国丹维尔美术馆驻馆艺术家、纽约圣若望大学驻校艺术家、圣文森学院副教授。著有《萤窗小语》《说话的魅力》《人生便利店》"刘墉青春修炼手册"系列等多部畅销作品。

去年秋天，我回母校成功高中演讲，场面挺热闹。演讲前校长先请我去他的办公室休息，并赠我纪念品一份，是个精美的大夹子，打开来赫然出现一排排数字，竟然是我高中三年的成绩单，我定睛一看，差点钻到桌子底下。因为我高一的平均成绩是"丙"，高二、高三也差不多。

我把成绩单接过，向校长及在座的主任们致谢，心想：你们可真会送礼！干脆把我的成绩单裱褙装框，挂起来好了！对那些成绩差的学生一定有廉顽立懦之效。

我的成绩很烂，妙的是，我在学校从来都很神气。老师可以一边骂我不上课，一边对我竖起大拇指，那是因为我课外活动表现好。

才进高中，我就代表学校参加全台学生美展，拿了第二名，这打破历年纪录，因为当时是大学和高中一起比赛，第一和第三都是师大美术系的，就我这个小萝卜头位列前三，而且学画不过几个月。美术老师说得有理："你虽然画龄很短，但是很敢画，噼里啪啦，大笔挥几下，把评审唬住了。"

他的话一点也没错！我天生少根筋，也可能多根筋，很大胆！

学校有个池子，水干了，别人都不敢下去，说有青苔，危险！我不怕，纵身一跃，发觉自己躺在那儿，才不到半秒，怎么躺着了？离后脑勺一寸，正有一块尖尖的大石头。

督学来校考察，我前一天探听到，就去买了十几根蜡烛，后排的同学每人点燃一根，以"秉烛日读"表示抗议。因为学校的电费分账，日间部除了黑板上面一排灯，后面全黑，只有夜间部才能用。碰上乌云蔽日，教室后面很暗。

当天只见校长笑吟吟地跟着督学走过，看见我们，突然每个人都睁大眼睛，校长脸上的笑容一下子全不见了。督学才走，训导主任就怒气冲冲地跑来问是谁干的好事。听说是我，又转身走了，偷偷把我叫去，说有话好说嘛！

隔天后面的灯就亮了，而且从此全校皆亮，这次"举义"使我除了头上有光，连走路都生风。

有人说训导主任怕我。他不是怕我，是怕我去外面乱说话。因为我当时编校刊，常往"救国团"跑。主任不怕"教育部"，却怕"救国团"，据说他能不能升为校长，全看团里的意思。所以当我对团里讲因为主任支持，这期校刊的厚度将加倍，主任听说后，就会想尽办法增加校刊的预算。

编校刊影响了我一生。因为我除了征稿、审稿、校对、画插图，还得"补天窗"。每次主任说某篇东西有"早恋暗示"或政治批评，不能用，我就得立刻把那空下来的地方补上。写论文太累，写散文太慢，最快的就是写"诗"。一个字加个叹号，也算一行，所以我开始写现代诗。后来还把作品拿给一位曾经带头打美国"领事馆"、被留校察看的老师看。

那老师就是名闻中外、今年以百岁高龄过世的现代诗元老纪弦先生。

纪老扶着他的烟斗，眯着眼看我写的"红楼梦里有个探春，我才是真正的探春，我是最早的探春者，我探最早的春"。啪！把烟斗一拔，往桌子上一磕，说："好！有味道！"

我又拿给国文老师看，他也眯着眼，看半天，斜着脸说："惜春吧！惜比探有意思。"

我写诗，除了"补天窗"，还有个原因，是有一回代表学校参加民办的演讲比赛，有位私立高中的代表，由"演讲老师"拟稿。看到他的演出时，我眼睛一亮，他不但音调抑扬，连手势都如行云流水，美极了！比赛结果，他拿第一，我拿第二。

我四处打听那是何种流派，有人说叫朗诵诗。从此我就四处找朗诵诗的题材学习，也试着自己写。没多久，我参加官办的全省演讲比赛，便发挥所学，"硬把式"加"朗诵诗"，刚柔并济，拿回第一名。这还不够，后来我编写并导演的朗诵诗，4次拿下全台竞赛冠军。而且大学没毕业，就应聘在大学教诗。

我对诗有心得，还有个重要的原因：高二上学期，有一天半夜我觉得胸闷咳嗽，咳着咳着，咳出一口血，接着一口又一口，吐了小半盆，进医院看急诊，已经是肺结核中期。医生把我娘骂了一顿，让我立刻办休学手续回家静养，否则活不长！

我没静养，反而得其所哉，画我的画、写我的诗、读我的书。我后来的好多强项，都是那年"闭关"练出来的，大有打通任督二脉，功力增加一甲子之感。所以，我后来常说只读课本不够，因为你会的别人也会，反而课外涉猎的东西能让你出头。而且人生最浪漫的时候，是青少年时期，中国孩子多半的创意被埋葬在教科书里，等到年长有暇，却时不我与，失去了少年情怀。我有幸因病休学，没了功课压力，正好海阔天空地进行创作。

我的海阔天空也得感谢高中的国文老师和美术老师。有一回上国文课，我站起来读课文，把一个字念错了（那要怪我娘，是她一直都念错）。结果一整堂课，老师都避过那个字，下课铃一响，就跑回办公室查字典，下一堂课一进门便纠正我，还很坦白地说害她以为她自己念错了。

美术老师更棒，她叫我不用上课，去教员休息室自己爱做什么做什么（免得在班上捣蛋）。我每次"移驾"，老师们都去教课，办公室空空，只有个16岁的女校工，挺漂亮，陪我聊天。我去年回校，她还没退休，特地跑来校长室跟我叙旧。

当时学校严禁交女友，抓到就记过。我在外面搞活动，认识不少女生。有一个女生把她在家事课上做的点心拿到学校给我，教官居然非但没找麻烦，还代为转交。可惜因为从小我娘就警告：不可吃女生的东西，里面有蒙汗药。那盒点心我半块也没碰，全分给了同学和那位教官。

我虽然自认为很神，常写文章讽刺功课好的同学，但高考前一个半月还是屈服了，昏天黑地地看书。毕业考成绩出来后，我没上补考名单，高二的学弟之前一个个拍我的肩膀："老哥儿终于跟我们同班了。"还有人唱："总有一天等到你。"却没想到我过关了。

高考我只填了师大美术系、文大美术系、艺专美术科、艺专美工科和某校国文系。报名表送上去，训导主任和导师都跳了起来，说："人家填100多个，最少你也得写台大、政大的外交系和法律系吧！"我心想：可真瞧得起我！你们不是知道我年年两科都不及格吗？我是"大丙"耶！能考得上吗？我口才虽然不烂，赢了一堆奖杯，可我真爱的还是画画和写作啊！

高考放榜那天，我姨父是记者，早就告诉我考上了第一志愿，但我还是去母校看门口贴出的榜单。问题是在师大美术系下面，左看右看硬是没看到我的名字，敢情姨父搞错了？我大骇，挤到榜单前细看，才发现上面有个被原子笔捅出的洞，我的名字就躲在那洞里面。连我的导师见到我都露出诡异的笑："考那么高分，原来不用功是假的！"

我虽没在成功中学留过级，却足足待了8年。3年高中课程、1年休学，大二开始回校教"演辩社"。大学毕业那年，成功中学校长对我说："如果你分配不到成功中学来，我抢也要把你抢来。"所以我又回校任教了一年。

多妙啊！我这个"大丙"学生。每个老师同学都知道我成绩烂，但没人瞧不起我，没人否定我的潜能。所以虽然我的作文总拿乙，却能编校刊；功课总吊车尾，却能代表学校四处参加活动；捣过一堆

蛋，却半个小过也没有被罚（全饶了我）。而且我回校任教那年，办公桌不是在导师办公室，而是在训导处主任旁边。有人说我是"地下主任"，因为主任有事时总征求我的意见，我说他总是栽培我、爱护我，从起初到现在。

去年我回母校的那天，除了演讲还带了6000多本著作，送给每位同学和教职员，又运了几百本我的藏书捐给图书馆，最近则写了一幅字给母校。那字挂在校长室，写的是李白的诗：

"大鹏一日同风起，扶摇直上九万里。假令风歇时下来，犹能簸却沧溟水。世人见我恒殊调，闻余大言皆冷笑。宣父犹能畏后生，丈夫未可轻年少。"

大礼堂电影院

马伯庸

马伯庸　内蒙古赤峰人，知名作家，人称"网络鬼才"。曾荣获2010年人民文学散文奖，2011年朱自清散文奖。代表作有长篇小说《古董局中局》《风起陇西》《三国机密》，中篇小说《末日焚书》《街亭杀人事件》，散文《风雨〈洛神赋〉》《破案：孔雀东南飞》等。

每个人都有着自己的宿命。

我的宿命，是转学。转学这种事，本没什么稀奇的，大部分人都可能会碰到一两次。不过像我这种从小学到大学一共转了13次学的人，就不太寻常了。平均下来，差不多每个学年都会转一次，足迹遍及大江南北。南到三亚，北至内蒙古，东接上海，西去桂林，少说也有八九个城市的各级教育主管部门在我的档案里留下过痕迹。

转学的原因是父母。他们因为工作关系，一直在全国各地奔波。我还能怎么办？跟着呗。所以，我从小学开始，就已经习惯了父亲或

者母亲突然出现在教室门口，然后我会冷静地收拾好课本与书包，跟着他们离开学校，登上火车或飞机，前往一个从未听过的城市，甚至来不及跟同学告别。所以我偶尔也会羡慕别人收藏的写满祝福的毕业纪念册，那是我所不曾经历过的。当然我也有他们没有的收藏——写满转学经历的履历表。别人只要简简单单三行就可以：小学、初中、高中，一挥而就；而我如果要把每条履历都写清楚，至少要两页纸才够。

当然，也不是所有的转学都是因为父母的工作，最离奇的一次转学经历是在三亚。当时我们举家搬到三亚，家里人陪着我先去一所附近的某子弟小学考察，与校长交谈过后觉得不满意，转而选择了三亚一小。大人告诉我这个决定时，我正沉迷于漫画，左耳朵进直接右耳朵出了。到了上学那天，他们给我准备好书包，让我自己过去，我想当然地认为我该上的是那所子弟学校。我一个人背着书包，高高兴兴走进那所小学，找到校长，说我是那天来的转学生。校长给我分配好了班级和班主任。一直到三天之后家里人检查我的作业本，这个天大的错误才被发现。整个事件最奇妙的地方是，我那时候甚至已经被所在班级选为语文课代表了。

你看，命运就是这么奇妙。我就像是出海冒险的辛巴达，面对过无数性格各异的班主任，领教过无数校园小霸王的铁拳，交过无数交情或深或浅的同班朋友，暗恋过无数全国各地争奇斗艳的班花，见识过不同学校的奇闻轶事。

而这些经历里，最值得一提的，是一个关于大礼堂的故事。

这甚至不算是一个故事，但是我记忆犹新。

我高中的时候，来到了桂林附近一座小县城里的县中。这所中学非常普通，甚至比普通还要差一点，因为它的主要生源是县城附近农村的孩子们。他们通常只有一次高考机会，考中就跃入"龙门"，考不中就回家务农。因此，整个学校的学习气氛非常浓厚，甚至可以称得上是"肃杀"。在家长眼里，这是一所不可多得的好学校，但对还处于贪玩年纪的我来说，这里不啻一个地狱。当我得知自己还得住校时，眼前一黑，顿时觉得地狱的火湖也许还更舒服些，至少不用上晚自习。

好在我拥有丰富的转学经历，经过一个多月的磨合，我在班级里建立起了自己的人际关系，习惯了宿舍、食堂和教室三点一线的生活，也初步掌握了各科老师和教导主任的习性——最后一点对于校园生存至关重要。

不过对这所学校的校长，我一直没搞清楚他的脾性。他是个小老头，个子不高，花白头发，喜欢穿一身洗得略显发白的中山装，厚眼镜片。把他和其他校长区别开来的特征，是眉毛。校长的眉毛总是皱着，层叠挤在一起，好似在额头画了一圈等高线。

校长有事没事都会在校园里巡视，而且总是在最敏感的时刻出现在最致命的位置。比如晚自习快结束的时候，他会沉默地站在教室后排窗边，看看谁胆敢提前收拾课本；比如早上他会出现在操场和宿舍之间，看看谁胆敢赖床不去晨练。你永远无法预测他会出现在什么地方，但他总是会在你最心虚的时候在背后突然出现。我们私下里把他称为"忍者"，而且还是"上忍"。

我曾经栽在他手里一回。县中的行政楼旁有一块大黑板，上头用粉笔写着各种通知。有一次学校发布考试通知，我恰好路过，一时童心大起，用指头擦掉了一个数字。没想到当天晚自习，校长突然出现

在教学楼里，全年级搜人，气氛紧张至极。校长找人的方式很简单，一个教室一个教室讲话，先说明案情，然后说私自篡改通知的严重性，最后说如果不自愿站出来，就要承担后果。我不知道他是唬人还是真有手段，总之被吓得屁滚尿流，主动站出来承认了。校长把我叫到办公室去，足足训斥了30分钟，还让我写了几千字的检查，当着全年级同学念出来。

经过这次事件之后，我给这个其貌不扬的老头打了个标签："凶狠毒辣。"他简直就像是电影里的纳粹军官和日本军曹，这种印象一直持续到"大礼堂事件"。

这所县中有一座大礼堂，大礼堂的布局很传统，前面是一个半圆形的舞台，台下是40排可以翻转座板的椅子。在最后一排座位的后面是出口大门，出口上方有一个凸起的房间，有一截水泥小楼梯盘旋着接上去。这个房间是干什么用的，谁都不知道。大礼堂平时很少开放，只有在文艺会演或者召开全校大会时才会使用。

那一天晚上，我们正在教室里伏案苦学，忽然班长被校长叫了出去。没过一会儿，班长神情严肃地跑回来，说全班住读生立刻去礼堂集合（当时有一部分家在县城的走读生已经回家，上晚自习的都是住读生）。我们面面相觑，不约而同地想起了黑板篡改事件。而且从全体到大礼堂集合这个细节来看，恐怕这次的事情比那次更严重。不少人把目光投向我，吓得我忙摆手说这次不是我干的。

在班长的催促下，我们忐忑不安地收拾好书本，走出教室。看到其他班级里的人也都出来了，我心中一惊，看来是大事。礼堂的门已经打开，里面灯火通明，学生们正鱼贯而入。我下意识地在最后一排选了一个位置，大概是觉得离讲台越远越安全吧。

等到人差不多到齐了，我发现来礼堂里的是高一、高二两个年级几乎全部的住读生。没有人说话，连窃窃私语都没有，礼堂里的气氛恐怖而压抑。这时候校长从侧面走上舞台，没用话筒，就那么背着手用洪亮的声音对台下所有学生说：

"大家学习日程很紧，没时间，也不应该出去看电影。我有个朋友在电影局，我从他那里借来了最近才上映的《泰坦尼克号》的电影拷贝，今天给大家放松一下。高三面临高考，我没叫他们，只给你们高一、高二的学生放。"

包括我在内的学生们都傻在那儿，愣了一分多钟才意识到这不是开玩笑。校长赶紧挥了挥手说："你们声音不要太大，不然会打扰到别人。"这时一个监督晚自习的老师发出了疑问，说他看过这电影，这电影有两个多小时长，看完都快半夜了，会不会影响学生休息。校长大手一挥："明天晨练取消，早自习照旧。"最后他还补充了一句："虽然不是什么大不了的事，但你们要尽量保密。"

学生们没有欢呼，但是所有的人都抑制不住地激动起来。校长没多说什么，跳下舞台去。这时我才第一次知道，原来舞台上垂着一块白色的幕布，而礼堂后头的那个小房间，分明就是个放映室。幽蓝的光芒从放映室的小孔里射出，照射在幕布上。

这是充满梦幻的一夜。我们在一所县中的礼堂里看到了《泰坦尼克号》，看到了杰克"我是世界之王"的经典站姿，还看到了露丝的裸体。少年们瞪大了双眼吸着气，少女们垂下了头，唯恐与男生对视，但到了结尾的时候，她们哭得很大声，这次轮到男生垂下头，唯恐别人看到自己软弱的泪水。

当电影播放完毕后，学生们走出礼堂，已经接近午夜，璀璨的星

星挂满天空。最奇妙的是，这一切居然出自学校最严厉的校长的手笔，就像是一个最荒唐的童话故事。

次日上课的时候，那些走读生发现，住读生们个个神采奕奕、精神饱满。他们好奇地问到底发生了什么，却没有一个人泄露秘密。从那次之后，整个高一、高二学生的精神面貌极好，校长的任何命令，都得到发自内心的支持。学生们走过礼堂边时，嘴边总带着微笑。

而让我懊恼至今的是，那一夜我居然选择了最后一排。

人生有时候就是这么奇妙。

把郑智化收藏起来

韩松落

韩松落　作家。20世纪70年代生，祖籍湖南，新疆出生，现居兰州。1995年开始散文和小说写作，作品见于《散文》《天涯》《大家》等处，入多种选本。2004年开始专栏写作，在多家媒体开有电影、音乐、娱乐、文化评论专栏。著有《为了报仇看电影》《为了报仇看电影2：猛虎细嗅蔷薇》《我们的她们》《怒河春醒》《百年葛莱美》等。

中学时代，我们常在一起的四个朋友，热烈地喜欢过一个歌手——郑智化。

把郑智化和这些形象带到我们中间的，是小魏。学校里，他跟我是同桌；学校外，他跟我是邻居。他没有念高中，初中毕业，进了铁路技校；技校毕业，到小站当扳道工。1990年，他每月薪水1000多块，是地方普通职工的三四倍，他又没有别的开销，也不需要负担家用，因此买得起引进版的磁带，一盒十三四块钱，磁带盒子上有唱片

公司的标志，"滚石"或者"飞碟"；盒子里有折页的歌词纸，甚至歌手写真，堪称豪华。

铁路职工可以免费乘火车，因此他每周都回来，带着他新买的磁带给我们听：潘美辰、姜育恒、罗大佑、郭富城、孟庭苇、陈明真、庾澄庆、赵传，还有各种合集。假期结束，这些磁带他是要带走的，所以，我们翻录自己喜欢的歌，抄写歌词，连歌词纸上的歌手独白都不放过……有一周，他带回一张有郑智化歌曲的合集来，里面收有《堕落天使》；再一周，《堕落天使》和《年轻时代》的专辑就被他带回来了。郑智化瞬间覆盖了、占有了、吞没了我们对别的歌手的热爱，让潘美辰、姜育恒、罗大佑都成了热身，听他们的歌，似乎就是为了最后能够较为顺畅地理解郑智化。

另一个是小谈。他黝黑壮硕，眉目俊朗，整个高中时代，都留着一种被称为"郭富城头"的发型。那时候，我就读的那所中学，几位体育老师都是学篮球出身，他们调教出了一支所向披靡的篮球队，拿了许多奖，篮球因此成了学校的主流运动项目。而小谈集结了几十位喜欢足球的同学，各年级都有，组建了一支足球队。每天下午，他带着足球队员，在操场边做体能训练，迟到的人还要做俯卧撑。每个周末，他们还会像模像样地踢几场比赛，甚至和附近的部队踢友谊赛。

这支足球队很受校方排挤，举办比赛、日常训练常受阻挠，踢足球因此带上了叛逆的、非主流的、边缘化的，甚至悲壮的色彩。所以，他能喜欢郑智化，一点也不奇怪。他对郑智化的喜欢，近乎狂热，远远超过我们，他哼的唱的全是郑智化的，他一遍遍抄写郑智化的歌词，一个字抄不对，撕掉重来。多年后我意识到，他的这种狂热里，更多的是对友谊的忠诚与狂热。如果对一个歌手最热烈的喜爱可以达到 100 分，他对郑智化的喜欢就是 150 分，那 50 分是交给友谊的，是因为朋友的喜爱而激发的额外的喜爱，是溢出的部分。

还有一个是小杜，他苍白瘦削，也是足球队成员。他性格平静，对什么事物的喜爱都是淡淡的，即便郑智化，也不例外。因为小魏、小谈，还有我，都是那种性急火辣的人，所以我很喜欢他那种淡淡的样子，一直试图学到他的温和，他的不惊不乍，但最终我只学到了他背书包的样子。他总是把书包带子挂在脖子上，让书包挂在胸前，走在路上，老用手捧着书包，一颠一颠。他紧跟着小魏，进了铁路技校，毕业后，同样是去小站，同样是扳道工。在他走了之后，我也像他那样背书包。

他在技校学会了弹吉他。据他的描述，技校里每个宿舍都有一两把吉他。每逢回家，他会带吉他回来，朋友聚会，弹上一两曲，比如《爱的罗曼史》和《致爱丽丝》。这启发了我对吉他的热爱，在我对未来的期待中，有了一件明确的事物：一把木吉他，红棉牌，中号。几年后，我才实现了这个愿望。

我们 4 个人是最好的朋友。4 个人的构架是朋友圈的标准构架，也是最稳定构架，比如，好莱坞的青春片里，一起出场的年轻人也往往是 4 个人。每逢周末，小魏和小杜回来，我们 4 个人在小城的街道上并肩而行，高声唱着郑智化的歌；我们去小谈家熬夜，录音机里反复放着郑智化的歌；听到窗外有人用口哨吹他的歌，我们会立刻奔到窗前去看。

印象最鲜明的是一个寒假。学校里没有人，也没有干涉踢球的体育老师，他们天天到学校足球场去踢球。有一次，是在大雪之后，操场上积了厚厚的雪，他们就在雪中踢球，雪后的那种清寂被他们的喊

声和笑声刺破。操场边，榆树苍黑，白杨青灰，栖息在树上的鸟雀，被他们的声响惊起，在操场上空盘旋片刻落下，随后又飞起。踢完了球，他们拎着衣服，唱着郑智化的歌和齐秦的《狼》，穿过整个学校和小城，各自回家。冬天的微温和他们声音的回响，我想起来仿佛身在其中。

还有一次是在春天。我们去爬山，走进一个人迹罕至的山谷，在那里看到一片平坦的草地，开满野花，我们就在草地上躺下，用帽子半遮着脸。山谷里变幻着春天的颜色：墨绿、翠绿、淡绿、鹅黄、鲜红、粉红、米白，我们躺在山谷里，听着郑智化的《让风吹》，想着遥远的台北的夜、黑社会、《将军族》《孽子》、火车站、流浪的少年。直到现在，一听到那首歌，那个春天的景色就呈现在眼前。

郑智化是密语，是暗号，用来相认的半块玉佩。

但是，关于郑智化的资讯却那么少，不够我们咀嚼，直到听到他的第 5 张专辑，我们才真正确认他的腿脚不方便。即便这样，他的歌唱生涯，和我们的人生发生了奇妙的重叠，那前前后后将近 10 年的生活，几乎都可以用郑智化的人生变动来诠释：我进入大学那年，郑智化推出专辑《星星点灯》；我工作那年，郑智化推出《游戏人间》；他改变歌路，唱出《夜未眠》那年，我正在恋爱。

4 个人的命运各有不同。小魏在偏远小站当了 20 年的扳道工和调度，2010 年才调到市里。这 20 年，他经历了婚姻动荡，养大了儿子，自己变成了一个中年人。他始终对自己工作过的荒原小站念念不忘，时不时开车回去，拍两张照片放在 QQ 相册里。

小谈高中毕业进了工厂技校，毕业后就留在那个似要倒闭却永远倒闭不了的国营大厂里，在那里工作了 16 年，买了厂里盖的房子，和同厂女工结婚，生了两个孩子。直到 2010 年，他终于辞职，开始帮朋友做化妆品生意，后来用装修 8 间化妆品店积累下的经验，开始做装修。

小杜在小站工作了 16 年，和从驻地认识的女孩结婚，生了一个女儿。女儿继承了他温和沉稳的性格。一家人的生活安定平和，直到 2007 年，他死于癌症。他的母亲就是死于癌症，他也没能躲过去。

我们齐聚在小杜的葬礼上。他家的院子里有一个小小的花园，灵棚就搭在那里。我们在那里守了 3 天，小魏和小谈一直在声讨小杜的单位，嫌他们不肯派领导来吊唁。在小杜家人的一再要求下，才来了一个工会主席。在接待来人、吵嚷和声讨的同时，我替小杜写了悼词，公式化的、板正的，方便领导宣读。他们都说，这悼词写得好，但我觉得没把他喜欢郑智化的内容写进去，是一个遗憾。

但是，一个 16 岁的少年喜欢郑智化，后来他死了，这有什么好说的呢？又该怎么说出来才不显得孩子气呢？

同学们建了一个 QQ 群，也时常聚会。在 QQ 群里，他们反日保钓、转发段子；在聚会时，他们感叹时运不济。我什么都不能说，只是想，原来少年时我们都一样，之后的命运却可以有这么大的差异，20 年时间，放大着这种差异。

在 20 多年的时间里，郑智化退出、复出，有一次，大概是 2006 年，他到小地方演出，因为酬劳没有谈拢，拒绝上台，被演出方架上台去。这种新闻让我心如刀绞。上个月看到《南都娱乐周刊》对他的访谈，郑智化说自己很有钱，在美国有上市公司，4 个会计替他打理资产。不管这是真的假的，我愿意相信。

我有很多机会可以采访郑智化，和他一起吃饭，但我都没有去，

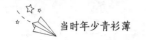

我觉得我见到的他不是他，而且，想说的太多，也无从说起。我也不再听他的歌，因为那些歌都在心里。

挂在树上的男孩

叶　开

叶　开　男，1969年生，本名廖增湖，毕业于华东师范大学中文系，中国现当代文学博士，现为《收获》文学杂志社编辑部主任，因编发莫言长篇小说《蛙》而获"茅盾文学奖责任编辑奖"。发表过数十篇评论文章及《口干舌燥》《我的八叔传》《三人行》《爱美人》等长篇小说，并出版了小说集《秘密的蝴蝶》。2011年7月出版《对抗语文》，对中小学语文教育进行深入的反思，引起了社会各界对语文教育的关注。

我老家坡脊是个比芝麻还小的圩镇，在中国大陆最南部的雷州半岛上。我在网络地图上放大再放大，怎么也找不到她，我的家乡似乎被一阵热带季风刮跑了。

长到8岁要上学了，我仍然常常倒挂在树上。我拉着父亲的手，走在通向龙平小学的黄泥路上，可内心仍然牵挂着我们家那五棵枝叶

婆娑的番石榴树。如果不是被迫要直立行走，要进入人类社会，我宁可一直待在树上。

现在 30 年过去了，我身体里仍有一个小男孩，一直在树上荡秋千。

我上小学时的主要活动是种甘蔗，课余则捉鱼摸虾。我几乎没有做作业的"不良记忆"。有一年，学校发了两本印刷精良的暑假作业本，我爱不释手，生怕自己写的字玷污了那些洁白的纸张，于是决定不做作业了。

吃完晚饭，我们还要回学校晚自修。小孩子每人拎着一盏煤油灯，三三两两地走在路上，身体融进夜色，在蚊虫的簇拥下，愉快地返校。在教室里，每个人面前都有一盏煤油灯，微光照亮了他们的脸。一些同学看课本、抄生字，我则在煤油灯上炒豆子。玻璃灯罩上搁一个锡纸叠成的"小锅"，从衣兜里掏出一把黄豆，挑出几粒，放进去，煤油灯火焰摇曳，香气慢慢地飘散，充满了整个教室。

我们学校坐落在一片山洼间，山坡上是一望无际的甘蔗林，山脚下是波光粼粼的大水塘。这种环境里，小动物特别多，小虫子的种类也很丰富。到夏天，我们就捉蝉蛹和蚂蚱，捡来枯枝败叶，生一堆火烤着吃。

晚自修 8 点钟结束，天色已很晚了，夜也很深了。两百多个小伙伴从不同的教室出来，三五成群地在路上走，走到了岔路口，各个方向都有，不断地四下散开。每人提着一盏小油灯，孩子们说话的声音和灯光交织在一起，丰富了我们寂寞的夜晚。

我的家乡差不多是热带气候，天气变化多端，隔三差五地刮风、闪电、打雷、下雨、发洪水，生活贫穷而快乐。在这简单的快乐中，很少有人想到将来要做一个什么样的人。

小学毕业，我的语文和数学加起来一共 99 分。大姐走了后门，把我弄进河唇初级中学，这才有继续读书的机会。

河唇是个小镇，那时叫河唇公社。河唇是柳州铁路局辖下的火车大站，火车从河唇枢纽分成两个方向前往茂名和湛江。河唇车辆段段长的级别等同于县长。河唇镇另一个大单位是雷州水库运河管理局，局长的级别也等同于县长。水库管理局管理着规模位居全国前十的鹤地水库。鹤地水库水质很好，可以直接饮用。我家紧靠着鹤地水库，我从小就在水库里玩水，很多水湾都清澈见底，水草游鱼，历历可见。

在郭沫若题写名字的青年亭上极目远眺，烟波浩渺，横无际涯。湖中有数个荒岛，令人遐想。

上初中后我住集体宿舍，全校几十人挤在一间教室改成的宿舍里。宿舍无床，只是绕着四面墙搭了一圈双层木架子，每人各铺一块竹篱，就是自己的床，大家躺得密密匝匝，情形跟养鸡场似的。到周末，骑车十几里地回坡脊，有一段路是鹤地水库的大坝。大坝黄泥路面，如果刚下过雨，又被手扶拖拉机碾过，就成黄泥沼泽了。黄泥浆黏性大，骑车冲上去会被急刹，有些人会从自行车前飞出去，落在黄泥浆里。我们会扛着车翻过堤坝围栏，冲进水库里洗澡。乡下孩子没那么多讲究，直接脱光，将衣服在水里泡掉黄泥浆后，摊在草上、石头上晾晒，我们则继续在水里泡澡，悠闲、去暑，不知日之将暮。

河唇初级中学按优、良、中、差分为四等，优等生在一班，劣等生在四班。我和全公社的小坏蛋们都被分在四班，等着自生自灭。我们的老师有杀过猪的、有开过拖拉机的、有打过预防针的、有做过冰

棍的，身份都十分可疑。

我们班两年内换了四位班主任。初二结束时，来了吴卓寿老师。

一天下午，吴老师把我留在教室里。夕阳的光线从窗外照进来，犀利地架在教室上空，仿佛达摩克利斯之剑。我立即主动地回忆：没用铅笔夹女生的头发，没在门上放扫把，没叠过纸飞机，没伸腿绊女生的脚，没在严丽丽衬衫背后贴纸条……

吴老师脸色温和，不像要大开杀戒。他问："廉江去过吗？"

我点点头。廉江我去过很多次，很喜欢那里的一家私人书屋。对我们这些乡下孩子来说，县城就是大城市了。

"湛江去过吗？"吴老师又问。

我点点头。湛江是海港，小时候，母亲带我们去那里的动物园看过猴子和哈哈镜。

"湛江可是个好地方啊，"吴老师说，"我做梦都想去湛江工作。"

没想到吴老师还做梦，爱做梦的人总有些与众不同。

"那我问你，广州去过吗？"吴老师的声音从天外传来。没等我回答，吴老师就从我苦闷的小黑脸上知道了答案，"别说是你，我都没去过……"吴老师坐在我面前的桌上，朝教室门外挥挥手，赶走了几个探头探脑的家伙，循循善诱地对我说："广州就是天堂。那里人人都穿绫罗绸缎，天天都吃山珍海味，妹子个个像花一样漂亮。你开动脑浆想想……"

我脑浆完全不够用。但我脑浆上有根小灯芯，被吴老师舌头上的火焰点燃了。他稍微挑一下灯芯，火就会旺起来，"……我来跟你说读书多么重要！如果你好好读书，考上大学，就能去广州了。你可以留在广州工作，还可以娶大城市的妹子做老婆。今后，你的孩子就能过上幸福的生活了。"

我那时才 14 岁，吴老师就对我进行了成功学的"洗脑"教育。这种教育方式是有效果的，我在他的"煽动"下开始努力学习，以六科 360 分全班第一名的成绩，升入了河唇中学。

河唇中学在河唇火车站另一头的山坡上，校舍虽然无序，设施倒是齐全。十几排瓦房坐落在不同方位，横七竖八地散着，各种树木长到高空中，或俊俏，或婆娑，显示着土地的肥沃。各种鸟类出没，掩映在树梢上的鸟巢，高得让人丧气。

老师们也住在学校里，一边给我们上课，一边养鸡养鸭。

河唇中学以往通常只有理科班，偶尔会开一次文科班。高一结束时，我要求成立文科班，于是学校就有了文科班，混高中文凭的全公社的小坏蛋们都跟过来了。文科班要上历史和地理，却没有老师。政治老师边自学边教我们地理，历史老师老得背都驼了。有时候他没来，我就给班上同学讲历史。

对于历史，我知之甚少，只是把历史书看完了，又曾听我父亲讲过一些薛家将、杨家将、岳家军的故事，胡乱掺和着跟同学们瞎咧咧，大家也很高兴。我的同桌王戈一高兴，他的历史书上某一页就变成纸飞机朝我超低空飞过来。班上同学的手工都做得很好，他们的历史书、地理书、政治书等，不到半个学期就会变成各种纸飞机，在教室上空翱翔，最后消失在历史长河中。

那年我高二毕业，全班参加湛江地区预考，只有我一个人上线，拥有参加高考的资格。同学们也不嫉妒，甚至对我有些怜悯——预考结束他们就自由了，这一生中再也不用参加考试，就等着发毕业证书回家了。而我还要继续参加讨厌的高考。因此，他们幸灾乐祸地看着

我，欢送我搬出集体宿舍。学校专门为我腾出招待所的一个房间，恨不得把我这株文科独苗种在花盆里。我可能是全校有史以来第一个过预选线的文科生，享受了特殊待遇，搬进了招待所，有不做早操的特权。

1986年，我参加了那年的高考，6门课共考了384分，英语32分，数学23分。这个成绩如果放在上海，可以上大专，而在我们湛江只能上个"梦中学堂"。

参加高考失败后，父亲让我进县一中文科补习班复读，他说："你随便读，考不上就回家卖凉茶。"

那时我哥哥已在县一中文科补习班混了3年，我进补习班时，他到了第4个年头。同班同学如果应届考进大学，已经要毕业了。有地头蛇哥哥罩着，把我引荐给各路豪杰，我才不会被欺负。那时全班118人，我的成绩排在100名外，这才知道补习班也是一个丛林，高手如云，卧虎藏龙啊。有位补习班前辈已经待了8个年头了，他脸上有一种古老的表情。我热情地跟他打招呼，他一声不吭，只是额头上皱起几团凌乱的皱纹。

为了实现混进大城市的梦想，我扎扎实实地拼了10个月，没日没夜地做英语、数学习题，语文、历史、地理等完全放弃，只能旁听补习前辈们讨论，然后记在心里。凭着我的阅读积累，高考语文是全班最高的97分，历史、地理、英文都是90分，当时也是全县最高分。只有数学88分、政治76分拖了点后腿。后来上了大学，我发现同班同学的数学成绩没有低于100分的，一位湖南籍同学甚至考了117分，比我高了29分。文科考试，却以数学成绩决胜负。

如果没考上大学呢，我就在老家卖凉茶了。我很有商业天赋，凉茶卖得比谁都好。后来，在各个大学里演讲时，我常吹嘘说，不上大学，说不定我现在就是凉茶大王，就没有王老吉什么事了。大家一阵掌声伴随一阵笑声。

谁知道呢？

世界上的桥

沈嘉柯

沈嘉柯　知名青年作家、评论家。著有小说《末日之雪》《平行塔》，散文集《那么一点点美好》。

在我的中学时代发生了一起轰动全校的事。从那天开始，女生们走起路来更加羞涩，男生们有事没事就捋下头发，拉整齐衣服，时不时照照镜子，凝视自己的鼻子、眉毛、嘴巴，潇洒地转个身。还有的男生比较夸张，随身带一瓶摩丝，定出一个拉风的发型。对了，那个时候还不流行啫喱水。要是连摩丝都没有，干脆就用水抓两把。

这一切都是因为大雄。大雄是我们班的男生，数学很好，长相憨厚，而且脸上还有一个恰到好处的痣。这颗痣如果低到嘴巴下，就比较像管账先生；如果再靠近眼睛，就比较像奸诈的反面人物。大雄的痣停留在脸颊与鼻子旁边，带着一点俏皮、滑稽和醒目。

我们男生一度怀疑，大雄的幸运就来自那颗痣。赐给大雄幸运的是湖北电影制片厂。20 世纪 90 年代看电影已经稀松平常，但在我们那个小镇中学拍电影，那简直是天大的事。

我们的高中建在县城旧址沔阳，所以古风犹存，后来迁移到新址重建新城，古城冷落。电影制片厂采风取景，顺便就在我们高中选男主角。导演要拍的是一个关于早恋的校园故事，演员想选原生态、没有表演经验的。女生们比较失望，因为女主角已经选好了，打扮洋气，是个大城市的中学生，请了假跟着剧组到处跑。

男生们排起了长队，面带兴奋，在学校里的文物点——革命旧址小红楼里试镜。他们鱼贯而入，出来的时候，个个垂头丧气。我呢，压根儿没勇气去面试，干脆彻底旁观。选了三天，只有大雄充满了神秘的笑容。没多久，宣布男主角就是他。其他男生受了刺激，尤其是平时热衷耍帅扮酷、跟女孩子聊天、讨厌学习的那几位。穿西装白衬衫皮鞋的甲、头发整得大风吹过纹丝不动的乙、高个白净有几分英俊少年气质的丙，统统被大雄打败。

看起来毫不出奇的大雄，凭什么获得了导演的青睐？他们气愤了。确定主角之后，电影迅速开拍，在一条夹在花园中间的走道上，大雄来来回回地走。女主角靠在栏杆旁边，低头若有所思。大雄每经过一次，就要回头一下，以表达少年骚动而羞涩的心。因为大雄是第一次拍戏，所以太紧张，有一次跑过女孩的身边太快，"啪"，他的旧皮鞋被踢飞，落在两米之外，所有的人都哄然大笑。

就这么拍了好几天，他们连手都没拉到。多年后，读着塞林格的那句"我觉得爱是想触碰又收回手"，我自己也写过各种小说故事，倒是挺理解导演的心思了。

接下来的一个月，大雄从学校消失。据说是被剧组带到了省内某个山里拍其他镜头。回来时，同学们问起大雄将来是不是要退学去省

城当明星，他支支吾吾不肯细说，忙着补他落下的功课。

隔年在校门口遇到大雄，问出了答案，导演只打算让大雄拍一部片子，告诉大雄要好好学习。片子放映后，也没了下文。

不过那天下午，大雄说，他在山里看见老鹰了，天好蓝，云也白，鹰飞得好高啊！

我依稀觉得，大雄的话别有深意。我们这些生长在平原的孩子，从来没见过鹰飞。看他那悠然回忆的神往表情，我说："不管怎么样，我以后还是可以跟别人讲，我的同学拍过电影哦！"他被逗乐了。大雄后来考上了一所不错的大学，在公司上班，小日子过得挺好。

再说说少伟吧，他是那种成绩垫底、完全没有希望考上大学的人，但也没坏到变成混混上街打架闹事。少伟上课常常睡觉，到点了便飞快跑去食堂吃饭，晚自习溜达出去吃夜宵，瞎晃悠。

那天晚自习回宿舍，我看见少伟在操场一个人发呆，不知道在自言自语些什么。走近了，我发现他捏着一个啤酒罐，叹一口气，喝一口啤酒。中学生不许抽烟喝酒，但这只能管住好学生。我从少伟旁边绕过去，他突然叫住我。

我吓了一跳，以为他想打架。说真的，我了解，不爱学习的学生向来看不惯爱学习的学生，心头总有揍我们一顿发泄的冲动。平时大家装得老死不相往来，也是看在考试时有可能抄一把的分儿上，不然早出手了。

我心想，这家伙看着老实，喝醉了就很难说。结果少伟拽住我，带着醉意迷茫地嘟囔："考得上考不上，你们反正有个目标，我都不知道以后能干吗！我家又没什么钱。"

原来，他是在烦恼未来的人生。我说："你可以考体院，那次体育会考，你不是跑了前几名吗?"

他想了想，眼睛居然亮了，放开我，认真和我聊起来。约莫十几分钟后，他才走掉。谢天谢地，我顺利脱身。

当然，少伟最后没能考上体育学院。因为部队来学校招飞行员，各种体能测试他都通过了。就这样，少伟去开飞机了，听着都很牛。

后来重逢，他给我讲，那些飞行员特别逗，三四十岁的人还很单纯，玩扑克也像小孩子一样吵嘴。我们哈哈大笑。少伟是来感谢我，特意请我吃饭的。不过，他要谢的其实是他自己。那场夜空下的对话之后，少伟开始练体能，天天跑步、玩倒立。幸运总是垂青有准备的人。

最后再说我自己吧。中学那年，我特别爱好文学，和其他学生一样崇拜作家，看各种文学杂志。我很喜欢看《小小说选刊》，它的末尾常附带一些闲杂轶事。其中就有一篇文章里写，应该是林斤澜回忆汪曾祺说的那样，"动动手指就来钱"。那时物价低，汪老随便一笔稿费，就足够大伙去味道不错的馆子撮一顿。

那一刻，我心中顿时升腾起了作家梦。我的作家梦一点也不神圣、崇高，完全基于这么一个朴素的想法：写写就有稿费，可以吃好的，也不用风吹、日晒、雨打。我开始琢磨着投稿，很快，在武汉的一家小报纸发表了一首诗歌。

回家后我才发现，报社寄给我的样报被我妈拿去擦桌子了。她以为是垃圾广告。我哭笑不得。好在信封还在，里面还有一张纸，解释说，副刊为"读者园地"，没有稿费。

好吧，我就不生我妈的气了。虽然没有钱，但总算发表处女作了，便增加了几分信心。整个高中生涯，我都在文史哲科目上用功，

常常得全校第一。数学凑合，英语垫底。

高考后填志愿，我选中文，我爹一口否决："读什么中文系啊！将来不好找工作。"

"那选什么专业？"我不乐意了，中文在我心里是神圣的专业，是通往作家之路。

我爹笑着说："法学好，现在的热门专业。再说到了大学，课外还是可以弄你的文学。"

我有些委屈，但也辩驳不了我爹，我又不知道大学生活到底是什么样的，就这样莫名其妙随波逐流去念法学了。然后我发现，读法学也是可以发表文章的，大二投给《光明日报》《中国青年报》几篇文章，一两个星期后发表了。样报和几百元稿费寄到系里，我收到时高兴坏了。

我去校外餐馆把炸鸡腿、水煮肉片、酸菜鱼和雪碧、可乐点齐了，请上要好的同学一起大吃。这导致此后只要看见我的名字出现在报刊上，他们就主动出现在我面前约饭局。

我爹没骗我，大学是自由的，学法学不耽误文学，我参加学校的玫瑰园诗社，拿了个省共青团的诗赛特等奖。在杂志上发表散文、小说，稿费也不少。从此一发不可收拾，我终于过上了梦寐以求、动动手指就来钱的日子，没毕业就买了电脑，提前迈向经济独立。

大学毕业我去了一家心理学刊物。老总招聘时直接要了我，理由也很搞笑："法律专业理性，你又能写感性的文章，招你很划算。"

那时我已经不偏执了。法学也好，心理学也罢，不管什么专业、职业，消化了，不妨碍文学，还对其有益处。

即便在"千军万马过独木桥"的青春，也有一些旁逸斜出。人生永远不像看起来那么整齐划一。世界上还是有不同的桥，让不同的人去走。唯有文学是我一生的行李，随身携带，走到哪儿写到哪儿。而且后来我终于搞明白，我耿耿于怀的中文系，并不培养作家。每个人都有属于自己的青春和故事，能够抵达你想去的地方，做你喜欢的事是最大的幸福。

初三的城市漫游

杨 早

杨　早　1973 年生，知名文化学者，先后毕业于中山大学、北京大学，著有《野史记》《民国了》等，译著有《合肥四姊妹》。

跟很多人一样，我的童年有一多半在爷爷奶奶身边度过，而且是断断续续的。被送回爷爷奶奶身边的理由五花八门，有时候是因为父母工作忙照看不好，我面黄肌瘦；有时候是因为我爸要去广州读研究生，我妈带着我压力比较大；有时候是因为爸妈工作的四川乐山地区有地震……总之，我的小学履历里写满了转学的经历。

转学并不好玩，刚刚熟悉的老师和同学又要换一批，学校要换，口音要换，有时连教材也要换——正是五年制六年制转换的当口，成都已经试点六年制，县里却还是五年制。

1987 年我 14 岁，眼瞅着要上初三了。这时我爸已经研究生毕业分配回成都，我妈也调动了回去，只有我还窝在爷爷奶奶身边。可是，户口随母，我的户口与学籍都在成都，我得回那里去考高中。

初中前两年，我上的是富顺二中。这是一所省重点中学，历史悠久，人才辈出。如果非要我说一个大家都知道的校友，好吧，郭敬明。不过我更愿意说，以"厚黑学"名世的李宗吾先生，是二中的老校长。

尽管富顺二中在川南声名赫赫，但其中的一名学生转学到成都，却半点入不了稍好一点的中学的法眼。太差的学校，父母也不愿意让我去。最后，我被送进了黄瓦街中学。介绍人说，这所中学虽然不大，倒是以严格出名。

黄瓦街中学真是"不大"——首先，它只有初中；其次，校本部只是三进的小院，全是平房，所有的教室加起来，只够初三6个班上课，初一初二只好到附近的少年宫借教室。我在这里念了一年书，几乎没见过初一初二的学弟学妹——这说明几乎也没什么全校性的活动。

操场是有的，虽然很小，但有两个篮球架，一根旗杆。这操场小到没法划出标准50米的跑道，横竖都不够。体育课跑步是走出校门，绕着学校跑一圈。测验的时候，将校门前的那条小街两头放些障碍物堵住，就在马路上跑50米。

我在这里度过了初三的生涯。27年后回头看，之前我在富顺二中就读，高中转去广东佛山，在佛山最好的一中上学。黄瓦街中学在我的求学之路上，是少有的不带"重点"二字的学校，我甚至猜测，在中国数以万计的城市中学群里，它的规模怕也只排在倒数的前列。

但我在这里获得了一年的美好回忆。即使有升学的巨大压力，碰到了两三次校外流氓的勒索，也没有冲淡记忆的光晕。真是一件奇异

的事。

这样一个小学校，学生多是附近街道的居民。似乎我是住得较远的一个，而且还不会骑自行车。理所当然，中午就留在学校吃饭。

这里居然也有一个食堂，应该说有一个厨房，因为那里并无就餐的桌椅，买了饭须回教室吃。我又发现了一种神奇的状况：整个初三，似乎常常只有我一个人在学校搭伙。

于是，我必须在早读后去一趟食堂（离我的教室只有一二十米），告诉厨师，我今天中午要搭伙。到了12点放学，我就拿着饭盒再去。厨师一般只炒一个菜，回锅肉、蒜薹肉丝或是青椒肉丝，我一半他一半；再蒸一钵饭，1斤左右，你要打3两4两随便。

我端着饭菜回教室，坐在自己的座位上摊开一本书，慢慢地边看边吃。有很长一段时间，佐饭的书是汪曾祺的《晚饭花集》。因为我的祖父是高邮人，且是汪曾祺的表弟，我对这本写高邮民国生活的书颇有亲近感。吃着成都的饭，看着高邮的往事，陈小手、高北溟、王淡人、陈泥鳅。中午的学校安静极了，偶尔有住校的杂工炒菜的"刺啦"声。书中的这些人事辽远而沉静，看到《鉴赏家》里季陶民在画上题"风拂紫藤花乱"，学校院子里，教室通往办公室与食堂有一道花架，也有紫藤似的花。新学年开学未久，初秋的风还很温柔。

饭后去洗碗，回来接着读书。《晚饭花集》终于读"熟"了，就换一本。过了一个学期，进入考前冲刺阶段，还从家里带了一本人民文学出版社20世纪80年代版的《儒林外史》。有时中午如厕，也带着书。那本书实在太厚，终于有一次在挡板上没搁牢，掉进了厕坑里。Ade（德语单词，意为"别了""再见"），我的杜少卿和匡超人！

新到一个学校，我用书本与沉默构筑了一堵墙。下午上课前有同学陆续进来，也不轻易与我说话，大家待在座位上各做各的事。不过大城市的孩子还是比我要活泼得多。渐渐有人跟我打招呼，也说上两句闲话。有一次，一位女同学看我在读一本《围棋天地》，很好奇地凑过来：

"这是围棋哇？咋个下嘞？"

我就简单地说了两句，最基本的，一颗子有 4 口气，如果 4 口气都被堵死，该棋子就要被提掉。

隔天中午，我正低头看书。突然听见"哗啦哗啦"的脚步声进了教室，而且"哗啦哗啦"地放大，向我靠近。一抬头，愕然，前面的椅子上，左边和右边各站了一位女同学。

"哈哈，你没气啦！被提掉啦！"

果然，后面的左右边还站了两位。我只好认输，跑到一边，表示被提掉。经过这一番闹，同学之间的距离感少了许多。

慢慢熟悉了新的生活，戒心也少了。我尝试着饭后走出校门，往右走 50 米（正好是短跑测验的长度），就到了黄瓦街口，打横是一条长街——东城根下街。

我立刻发现，不少同学中午并没有回家，他们只是不在学校搭伙。

街口有一家卖叶儿粑的，号称"三不粘"（不粘锅，不粘筷，不粘牙）。往左走，街对面各有一家卖面食的，女老板坐在店门口包抄手，筷子头在馅碗里略一蘸，在淡黄色的抄手皮上一抹，手一转，一只抄手便丢进撒了白面粉的筛箩里。左边的那家一碗会多给一两只，右边那家是一对姐妹开的，自制的熟油海椒，滋味似乎的确好一些，一碗下肚，让人浑身燥热，雨天特别受欢迎。

再往前走，有一家卖刀削面的。下面的伙计并不炫耀地将面团顶在头上，只是随意地擎在手中，一大块铁片嗖嗖飞舞，大小未必均匀的面片飞进店门口的大铁锅中。捞出来，加上油乎乎的肉糜，几根青菜。中午总有好几个学生站在门口轮候。观察半年后，我觉得这伙计捞面的时候，给女生要比给男生的多，女生的 3 两相当于男生的 4 两。

吃的没有了，往前走只有台球铺。反过来往右走，仍然有刀削面、抄手，但味道没有左边的好。

再往前是一个集市，绿油油的碗豆尖，白生生的萝卜，青郁郁的甘蔗，灰朴朴的地瓜。一两个摊点卖衣服，完全不放在我的眼里。

走到集市中间，一个锅盔摊！玻璃柜子擦得锃亮，里面摆放着白面锅盔、肉锅盔、酥油锅盔，不要那些，我要正在烘的红糖锅盔，一吃一口糖，滴滴答答往下流，举起来，热热地捏在手心里。要是没有红糖的，就来两个混糖的，没那么绵软，可以揪着吃，舌尖有隐隐约约的甜。

走完了这个集市，能看到一个颇大的茶馆，幺师来来去去地冲水，茶客们仰面向天，或趴在桌子上打瞌睡。也有向茶馆租了一副围棋在下赌棋的，一点都不斯文，棋不是下的，也不是日本式的"打"，而是"砰"的一声丢在木棋盘上，再用一根手指去戳正位置。不少棋子已裂成两半，那又有啥子？难道半颗棋不算？下到收官，棋盒见底了，棋子不够数！

"喂，说好，这块棋死了哈，我收来用。"

"啥子哟！老子还要留来打劫的。"

"打个铲铲！……数嘛，两个劫材，等会儿让你两步就是！老子劫材多得很!"

"对嘛!哪个怕哪个?"

骂骂咧咧声中一盘终了。输家丢一张皱巴巴的大团结(10元人民币)在棋盘上。

哎呀!看得太久了,都要上课了得嘛!赶快跑!

学校果然严格。初三了,要升学了,别的法宝没有,拿时间夯,每天加课加考,到晚上8点才放学。

每天5角钱,5点钟加一次餐。从外面订的圆面包,食堂的厨师捧一个大笤箕,上面盖着白布,掀开,半温的一人一个。

最后一个钟头总是各种考试,不交卷不准走。数学我一般会卡在最后一道大题上,虽然觍着脸,也只好去拉前面女同学的大辫子。一拉,她的背靠过来,我轻声说,最后一道。她趴回去了,一会儿,一个纸团轻轻巧巧地掉在我的课桌上。

其实纸团里的答案未必正确。管它的,只要能写满试卷,便走得心安理得。每天都要考,明日等老师讲评。

化学最麻烦。化学老师瞪着铜铃般的双眼,一遍遍地在桌子间巡视。

最累但最不心惊胆战的是语文。语文老师坐在讲台后面看报纸,她不喜欢把考试当成老师的法宝,不过也违拗不得校方的规定。初三的模拟试卷,知识点遍布初一到初三的6册语文课本。6册全的课本,全班只有一套,目下放在我的桌肚里,我一道题一道题地翻,十几张卷子,做完一张,就有人取走一张,全班50来人都在抄我的卷子。

8点放学,晚上的街道黑灯瞎火,不够安全。学校于是规定家住同一方向的3个同学一道走。我跟另外两位女同学分成一个回家

小组。

她们俩手拉手在前面走。我不好意思跟她们并排走，拉开几米跟在后面。暗夜里只听见"唰唰"的脚步声和偶尔的笑声，有时其中一位女生会轻轻地哼一首歌，《雪绒花》或是《大约在冬季》。

有时老师开恩，不考试（比如周末），放学的时候正是薄暮，但还是习惯地3人一道走。前方有影影绰绰的两个背影，低低的语声，不知道在说啥。想走近点，又抹不开面皮。直到岔路口，她们先到家，两人转过来，招一招手作别，连脸都看不清了。

4年过去，我从广州返回成都，见到其中一位女同学，她很高兴地说起从前的某事某事。

"这个，我不知道呀！"

"怎么会不知道，就是初二上学期我们去崇庆……"

"我是初三才转过来的呀。"

"哦？我怎么觉得咱们一起读了3年……"

那时我才知道，这小小的黄瓦街，清朝的时候，是成都八旗驻防区域的中心。清制宗室准用明黄色。成都的贝子与觉罗们将一条街的房瓦全刷成明黄色，故称"黄瓦街"。

从东城根下街的集市再往前走一条街，就到了著名的宽窄巷子。那是成都从前最美丽的所在，住的都是达官显贵。连绵的小院，街两边都是粉墙，墙内绿树掩映，竹影婆娑。户门的匾额，落款不是于右任，就是张大千。

这样的好地方，整整一年我竟从未去过，只是吃了上百个锅盔，看了几十盘棋。

那年我红过

巩高峰

巩高峰　专栏作家，忙时固执卖命，闲时"吐槽卖萌"，专栏和随笔多见于《三联生活周刊》《南方人物周刊》等，写过畅销书《一觉睡到小时候》，新书《把世界搞好啊，少年》已经上市。

我根本没有想到，初二那年的初夏，我竟然一夜间成为全班，甚至全校的焦点。

嗯，我尝到了走红的滋味，而且我玩得有点大，上报纸了。

事情起因再简单不过，初二时我的新同桌叫卓之豹，名字很酷吧？但人一点儿也不酷，他每天最热衷的事，就是从报纸和杂志上搜集全国各地的作者的地址，然后给人家写信，求交笔友。而且每一次他都认真地沾口水、贴邮票，再满脸虔诚地把信封严严实实地糊好。

我们俩的交流就是从这儿开始的。我略带不屑地问他："每天这么写信，有用吗？手指都磨细了，怎么不见你收到回信？"

　　我承认当时我有一点幸灾乐祸，尽管交笔友这件事全国风靡，很时髦，可是卓之豹手头也不宽裕，邮票买了一排又一排，信寄了一摞又一摞，那花的可都是他省下的午饭钱。那时我也在拼命省钱，因为我大姐快出嫁了，我想送她一样特别的礼物，可是没钱，我只好饿着肚子从午饭钱里克扣。那一阵子我和卓之豹下午上课时，都能听到对方的肚子"咕咕"叫，还趴在课桌上相视苦笑着，久了我就替卓之豹觉得不值——我为了我姐的结婚礼物好歹还有点意义可言，他呢，连回信都没收到过一封。他这不是从牙缝里省钱拿去打水漂吗？

　　卓之豹一听，急了，歪着头朝我嚷嚷："你是羡慕啊还是嫉妒啊？我交的笔友都是什么人？是在报纸、杂志上发表文章的，以后都是大作家，懂吗？作家能有时间写信吗？我就是表达一下崇拜，没幻想人家用写文章的时间来给我回信。你要是也能在这上面发表文章，我也给你写信，你也不用回！"

　　为了配合自己的愤慨，卓之豹顺手往我面前扔了一份皱巴巴的报纸。我拿起来一看，《农村孩子报》，班上好多人都在订。说实话，我也没觉得上面的文章比我写的作文好多少，但我也不敢夸海口就一定能在上面发表文章。所以，我只好忍气吞声，闭嘴。

　　但我是天蝎座啊，岂肯轻易服输？

　　当天晚上，我就把我的作文本翻了好几遍，挑选了一篇被语文老师表扬过的《我》，准备抄写一遍投稿。可是想着作文里的那个"我"是假的，是为了应付老师的要求写的，很寒碜，于是我临时起意，重新写，改成真实的我，一身毛病的我，成绩中不溜的我，整天胡思乱想的我。写到第三遍，我才略感满意，工工整整抄了，第二天上课之前，塞进校门口的邮筒。

赌气这事吧，在我这儿也就是脑袋一热，我压根儿就没做过什么作家梦，也从来没有让自己的文字和名字变成铅字的理想，所以几乎是信寄出之后，我就把这件事忘了。有那么多好玩的事，我干吗跟卓之豹过不去，他愿意崇拜就崇拜去呗，也不损失我一毛钱。

事情有点诡异的变化，是因为突然有一天我收到三封陌生的信，开始我怀疑是不是搞错了，可地址、邮编、姓名都是我的。一拆开，先掉出一张照片，然后信里莫名其妙地都是要和我交笔友的请求，然后求回信，求回赠照片。之后，几乎每天都有类似的信，而且越来越多，直到有同学在报纸上发现了我的名字。

我的天！那篇赌气忙活了一晚上改写的《复杂的我》，包括我的通信地址、邮编，每一个字都变成了铅字，陌生地出现在报纸上。

求交笔友的信每天都在增加，用"雪花般"形容真的不算太夸张。等到我收到样报和稿费时，我的书包里已经塞不下那些信了。我妈好奇，用细绳50封一小捆扎起来，有200多封，信封上的很多地址我都闻所未闻，新疆、黑龙江、辽宁、广西……我已经看傻了，终于明白卓之豹的那些信为什么没有回音了，如果每封信都回，我的稿费还不够买邮票的。

而我一直担心的给我大姐的结婚礼物，这下终于解决了。能有什么比拿自己人生的第一笔稿费买礼物更体面、更有意义的呢？那可是我一个字一个字换来的，一不偷、二不抢、三不骗，还顺便让卓之豹花痴一般翻来覆去看了三遍报纸确认事实。

当然，我也顺便解救了卓之豹，他从此再也不干克扣饭钱换成邮票的傻事。身边就有一个同桌可以成为笔友，那还舍近求远干什么。卓之豹每天义务为我取信、拆信、汇报信件内容。有同学好奇，过来

参观，卓之豹还热情地解说来龙去脉。

被全校同学指指点点、议论纷纷并没有给我带来什么好处，我知道那都是虚的，一切都不如稿费来得实在，因为我大姐的结婚日期眼看快到了，即使全国的同龄人都给我写信，也换不成我的礼物。于是，我把语文书里夹得整整齐齐的两张十块的、一张五块的、三张一块的人民币装进口袋，决定尽快去镇上买一份特别的礼物。

趁着午饭时间，卓之豹热情踊跃地陪我去了一趟镇上。我们俩看遍了两家书店、三家工艺品店，没有一样东西能入我的法眼。下午的课上，卓之豹想了一个主意——周末他陪我去县城买。

小镇离县城60里路，骑自行车差不多要两个小时。卓之豹拍着胸脯说没问题，我自然没话说。当然，我心里有点感动。

到了县城，已经不是东西合适不合适的问题了，而是我很快挑花了眼，觉得哪个都很特别，恨不得把整个县城的工艺品都买下来。最后，难得我和卓之豹都特别喜欢一个工艺品，方方正正几近透明的有机玻璃里，悬空一尊大笑的弥勒佛，晶莹剔透，特别得有些夺目。只是价格稍贵了些，我犹豫半天，准备放弃，因为钱不够。卓之豹在玻璃柜前愣了一会儿，咬咬牙，从兜里掏出他的一小沓零钱，给我凑上了。

拿到包装好的礼物，我们俩身上的钱只够买两个烧饼的了，吃完还要再骑两个小时自行车。

回家的路上，太阳西斜，我觉得卓之豹浑身都闪着金光。骑了一阵儿，他忽然扭头问我："你以后没准儿会成为一个作家，你姐姐结婚你送这么一件礼物，你不觉得俗气吗？"

我愣住了。说实话，卓之豹的这个问题相当有水平，也让我对他刮目相看。我俩接下来一路都在商量再加一件什么礼物，才可以显得不那么俗气。当然，这件礼物最好是免费的，因为我们都没钱了。

卓之豹建议我单独为我大姐写一篇文章，在她出嫁那天当众朗读。写一篇文章当然不是问题，问题是我从未在那么多人面前说过话，一下子就要朗读一篇文章，这跟在很多人面前扒光我衣服的难度差不多。我说："换一个。"

"为你姐唱一首歌？"

"可是我五音不全，一句都找不着调儿。再说当着那么多人，我也不敢。"

回到我家门口，无论我怎么挽留，卓之豹也不肯去我家吃饭。我带着感激、愧疚，忍着自行车坐垫给屁股带来的疼痛，送了卓之豹很远一段路，才挥手告别。回家时，村口的大喇叭已经在播放"每日一歌"，这是固定节目，播完之后喇叭就会关闭，正式进入夜晚。

天已经黑透了，我却被这"每日一歌"拨弄得眼前一亮。我一下找到了那个不俗气的礼物——我几乎天天听广播，竟然忘了这个简单、特别、浪漫又几乎免费的礼物。

第二天上学，卓之豹知道我连夜送出的礼物，激动得站了起来，击节叫好。

原谅我粗线条，这件事情同样没在我的脑子里停留太久。如果不是那天我大姐突然回娘家，我真的都忘了我送出的那份礼物。那天是大姐结婚后的第三天，按道理她和姐夫开在镇上的理发店正忙，既没什么风俗要求她回娘家探亲，也没什么需要她帮忙。可她回来了，还穿着结婚那天那件鲜艳的衣服，进门时满脸通红。

一进门，大姐不是找我妈，而是直奔我而来。我妈正在和面准备

包包子，我在帮奶奶捶萝卜。大姐走到我面前，满脸的惊喜和感动，眼泪都快下来了。

我妈有点诧异，直问大姐怎么了。大姐带着哭腔说："一大早开门，就好几个人跑来告诉我，说昨天广播里的'每日一歌'，弟弟专门给我点了一首歌。主持人还念了弟弟写给我的信，都念哭了……"

大姐指着我，眼泪下来了。

我举着捶萝卜的石锤，愣了一小会儿，才慢慢回想起这件事。

如今，我已经好久没贴过邮票了。我大姐即便当初感动如此，到底也早该忘了点歌那件事。但大姐家那个有机玻璃中坐着的大笑弥勒佛，摆放的位置总让人第一眼就能看到。

大姐过得挺开心，我也是。

青春哭了

淡蓝蓝蓝

淡蓝蓝蓝　本名田春柳，东北女子，白羊座，知名青春文学作家，自由撰稿人。已有作品百余万字，见于《花火》《女报·时尚》《女友·校园》《知音·女孩》《少男少女》《青年文摘》《家庭之友》《人生与伴侣》《花溪》《许愿树》《辽宁青年》《大众生活》等。

小城很老了，在 20 世纪 90 年代的中期，它安静得就像要睡着了一样。而我的青春期就在这样的节奏里开场，懵懂又迟钝。

初中女生的友谊是很奇妙的，人际圈基本取决于你所处的"地理位置"。所以，前桌的芝芝、后桌的江谨和我就形成了一个铁三角的关系。我们的日常行程通常包括一起去厕所、一起去做课间操、一起去买饭，以及在每个课间一起蹲在墙根下闲扯。

芝芝身形瘦小，讲话语调温软，但行事颇有女汉子的风范——泼辣又直爽。江谨和她正相反，一脸硬妹的长相，但其实最胆小，看见

一只虫子都能尖叫出极高的分贝。

三个人当中，她们说我的性格算是最中庸的，我当时还不太了解"中庸"这个词，后来想想我不过是比她们晚熟半拍，总是反应迟钝，一副睡不醒的样子。

她们俩开始讨论学校哪个男生好看的时候，我还沉迷于昨晚的动漫，期待着大结局。她们俩开始研究杂志的封面模特用什么化妆品时，我坚定地告诉她们，凤仙花就可以染指甲。

那年，《大话西游》突然之间就火了起来。电影院就在我们学校的斜对面，稍稍转头就能看见硕大的海报，我总是觉得周星驰那张似人似猴的脸看起来太怪异。

班里有人逃课去看电影，回来都说很感人。芝芝因此也开始坐不住了，她弄来了三张票，非要拉着我和江谨去见识一下畅销大片。在我们当年所处的那个时代，世界还闭塞得单纯可爱，以往去电影院都是学校组织的，比如看看《焦裕禄》《凤凰琴》之类的，红心又热血。

那是我第一次逃课，前脚刚迈进电影院大门，小心脏就"扑通扑通"地加速跳了起来。找好座位，芝芝塞给我一袋虾条，江谨给了我两张纸巾。我寻思着这两个姑娘真是体贴又细心。于是，一边津津有味地吃虾条，一边懵懵懂懂地看电影。

直到散场，灯亮了，我后知后觉地发现，身边这俩姑娘怎么看起来那么难过呢。

芝芝在用纸巾揾鼻涕，江谨在用纸巾擦眼角，我用纸巾使劲擦了擦被虾条糊得油乎乎的手指。

鉴于她们的情绪难得这样低落，我主动打破了沉默的局面。我安慰她们说："虽然周星驰的扮相比六小龄童差多了，还有那些妖怪的化装简直太差劲了，但是朱茵真的很好看啊。"

芝芝和江谨齐齐盯着我，有一瞬间，我觉得她们的眼神就像在看妖怪。然后，她们俩忽然捧腹大笑起来。我才懒得想她们为什么要笑，只是觉得，好朋友在一起真是开心。

直到很多年之后，我遇到一个坎儿过不去，没完没了地哭，江谨给我打电话说，我多怀念那时候的你呀，又傻又天真，无知又无畏。

后来的我终于知道，那份青春期里的迟钝，是多么宝贵又短暂的礼物。

我们铁三角的组合终于在初二快过完的时候有了一点改变，因为大慧的出现。

每年 5 月，学校外面那一排泡桐树都会开出硕大的淡紫色的花。

大慧第一次出现在我们班时，头顶上就有一朵喇叭状的泡桐花。当她在自我介绍之前向我们微微躬身的时候，那朵花突然滑落，全班同学哄堂大笑。几乎在同一时间，她开口，露出一对龅牙。然后，在我们并无恶意的笑声中，她突然闭紧了嘴巴。

或许就在那一瞬间，大慧还来不及打开的心门彻底地关闭了。而本该热烈一些的欢迎仪式，也因为大慧的敏感而草草收场。

从邻市转学来的大慧被安排在了江谨的旁边。

我不知道该用怎样的词语来描述 16 岁的大慧，因为她总是沉默着，面无表情。整整一个月，她就像一块坚硬的石头一样，矗立在人群中，让你觉得她和这个群体没有丝毫关联。

第一次月考，大慧的成绩是全班最后一名。每次上课提问，老师点到她的名字，她就木头一样站着，不说话。即便已是炎炎夏日，她仍是日复一日地穿着黑色的长衫。

她像一个小怪物，与这个世界格格不入。

江谨渐渐开始有所抱怨，说新同桌太无趣，两个人几乎没说过几句话，就连她主动搭讪，大慧都很少理会她。

某天自习课，我身后突然传来江谨的一声尖叫，随后，大慧像疯了似的把江谨桌上的书全都扔到了地上。事件的起因令人匪夷所思，只是因为江谨写字时，胳膊越过了大慧画在桌子中间的分界线。

芝芝是最爱打抱不平的，何况受了欺负的是自家闺密，所以，回身端起我桌上的水杯就泼向了大慧。

外班同学形容我们班那天的"盛况"，用了各种恢宏的词汇。

江谨向班主任提出了换座位的申请，但是最终没有被批准，倒是训导主任亲自来安抚了江谨一番，还以鲜有的和颜悦色安慰她要和新同学搞好关系。

我们私下猜测大慧是有背景的人。

于是，她愈加被孤立起来，没有人乐于靠近她。

她和江谨倒也相安无事，只是江谨的文具盒里偶尔会出现毛毛虫之类的软体动物，我们三个人分析那一定是大慧的恶作剧。

那年暑假，暴雨不歇。

原本定好的班游活动不能如期举行，我负责通知所有人。拨到大慧家的电话号码时，芝芝突然抢过我的电话，露出坏笑，说："我们捉弄她一下。"

也不知对面接电话的是大慧的什么人，芝芝把班游的时间地点重申了一下，请她转告大慧一定要参加。

第二天一整天都在下雨，我们三个人窝在芝芝家里边看连续剧边吃零食，完全忘了糊弄大慧的事儿。直到夜里班主任打电话到我家，把我臭骂了一顿，说大慧失踪了。

大慧失踪了。

学校、电台、志愿者协会，总之有很多人都出动去找大慧。芝芝和我抱头痛哭，芝芝说要是大慧真的出了事，我们俩就咬舌自尽。

幸运的是，我们俩不用咬舌了，因为大慧被找到了。

大慧并没有迷路，她一整天都坐在一个桥墩底下。后来她说，她也听见了救援人员的喊声，但是不想回应。她在等一场大雨，等雨水铺满河床把她带走，带到能见到父母的地方。

那是我们第一次知道大慧的身世，原来她的双亲在前一年的抗洪救灾中去世了，是英雄。她也曾笑靥如花，痛失双亲之后才变了性情。

那天大慧等到了大雨，也等到了后来的满天星光。

不知道冥冥中有怎样的力量，那天之后的大慧渐渐活泛过来，她终于脱掉了穿了一年的黑衫。虽然她笑得不那么明媚，但是也不再毫无生气。

复活草是一种沙漠植物，它还有个美丽的名字叫"耶利哥玫瑰"，即使快要被晒干了，它也可以撑到下一个雨季来临，然后神奇地复活。

大慧就是那棵复活草。

那时的我们初识"人生苦难"，尚且懵懂，只觉得对命运已有敬畏之心。但并不知该如何给予大慧安慰，也无法体会她彼时的心路转换。

芝芝、江谨和我做了一个最重要的决定——我们要对大慧好一点。

大慧仍旧坐在江谨的旁边，我们仨莽撞地对她献出热情，所有的集体活动，芝芝几乎都会厚脸皮地拉着大慧，哪怕生拉硬拽也要带着大慧一起去。

"铁三角"成功地变成了坚不可摧的"四人行"。

时间终会抚平所有的创口，覆盖所有成长的轨迹。

后来的我遇到了更多心有灵犀的女孩子，她们或者冰雪聪明，或者优秀动人，我们可以谈天说地，聊那些看起来更有营养、更有内涵的话题，但我更怀念的却永远都是青春之初那份最纯真的友谊，怀念我们很傻很天真的岁月。

后来，大慧在北京做了牙齿矫正，因此认识了善良的牙医先生，最后与他喜结连理。

后来，江谨一改软妹子的形象，考上了警校，成了南海边英姿飒爽的女警。

后来，芝芝去了国外，渐渐失去了消息。

后来，我们就像朴树唱过的歌——"如今这里荒草丛生没有了鲜花，好在我曾拥有你们的春秋和冬夏……"

很多年后，关于《西游记》有了很多版本的影视作品，而我却独独钟爱周星驰的那版《大话西游》。有一天，在微博上听到《大话西游》的主题曲——卢冠廷现场版的《一生所爱》，我的眼泪忽然止也止不住。有人在评论里说，青春哭了。

是的，迟钝如我，在离开你们的若干年后，青春哭了。

而世间再也没有一条路，可以通向我们的1995。

我不愿青春就此被你设定

潘云贵

潘云贵 "90后"作家，西南大学 2013 级硕士研究生。曾获 2011 年冰心儿童文学新作奖大奖、第四届《人民文学》全国高校文学征文评奖活动一等奖、首届新蕾青春文学新星选拔赛全国总冠军。已出版《我们的青春长着风的模样》《飞鸟向左，扬花向右》等书。

和许多人一样，我最叛逆的时期也在中学时代，特别是高三那年。身体里像住进了一只小兽，虽然看不见、摸不着，却能让人感觉到它浑身带刺，有棱有角，不经意间就伤了他人。

我从小性格内向，并不讨人喜欢，碰上热闹场面总是待在角落里，是一个"壁花少年"。我爸跟我截然相反，他性格暴躁，说出的话、做出的决定都不许别人违背，如果不按着他的意思来做他便会恼羞成怒，俨然一座行将爆发的火山。

我爸希望我长大后能有出息，不受人轻视与欺侮。因为他成长的

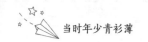

年代较为艰苦，祖父母无力供他读书，他很早就当了村里的石匠，每天天色未明便啃上一块番薯做的馍馍，骑着破烂的二手凤凰牌自行车，向着山里疾驰而去。你可以想象十五六岁肩膀还很孱弱的男孩，整日需同三四十岁的男人一起干活，美好的青春在日复一日的汗滴中流尽，多么忧伤。

当我来到这个世界，我爸就想把他自己的失意都弥补在我身上，仿佛我的到来是为了让他见到自己本该要过的生活，是为了实现他未曾实现的人生。我成长的路线似乎已经被他写在了一个隐秘的本子里。他对我管教严苛，从不容许我做除了读书以外的事情，即便农忙时节家中忙起来，他也不让我搭一把手。对世事反应迟钝的我，从没觉得自己能跟天才沾上边，而我爸仅仅凭借我靠死记硬背考出的成绩，常在外头夸我学习好，仿佛说出那些话总能为他抚平过早爬满褶皱的额头并在上面增添些光彩。大人的虚荣心是涂满油光的薄薄纸面。

上了初中以后，各科课程的难度都在增加，尤其是数学，我不再像小学时那样容易得满分了。当我第一次拿着一张写着 86 分的数学卷子回家时，我爸咬着牙拿起编竹篮时折断的竹条就抽我，我像只小动物一样窝在墙角呜咽。此后，我爸对我监督得更严了，他要了我的课表后，作息时间基本上都由他安排，并让我严格遵循。这样做的效果是，3 年后我被保送进了市里的重点高中。在这 3 年里，我感觉自己被一个更为牢固的铁笼子罩着，每走出一步都很沉重、艰难，我向往着自由。

高中时，我开始了寄宿生活。因为父母都不在身边，自己顿时有一种被释放的感觉，便常常跑到公园玩耍、看天鹅戏水，和室友追偶像剧、逛超市，也一个人钻到图书馆里，看我爸眼中所谓的"闲书"，开始接触席慕蓉的诗句，也翻起村上春树的书，心里有一块草地渐渐被它们拉扯成了一片草原。课下我也开始写起东西，投给本地的报纸，连续被刊登了好几期，成了学校的公众人物。

当我正沉浸在文学带给自己的快乐中时，数学成绩却江河日下。开家长会的时候，我爸坐在很靠后的位置上，脸红得像刚烧出来的铁，似乎谁一贴过去就会被他烫伤。我在教室外站着不敢看他。会后他冲出来找到我，骂了几句难听的乡下话后又迅速拎着我到教数学的金老师那边，试图商量出对策。没想到金老师迎面就泼下一盆冷水："就你儿子那样，甭说考一本了，就连进三本恐怕都有些难，脑瓜子笨怎么教都吃力……"毒舌的金老师从不给人留一点情面，我爸的那张薄薄纸面瞬间被刮裂了，眉头紧紧皱着，像自己被数落了一样。从金老师的办公室出来，一路上我爸骂我骂得更凶了，走几步就气得停下来。路上人来人往，不时有人停下来看着我，我面红耳赤，一直低着头。远处的班主任刘老师见状便过来解围，他除了向我爸说起我偏科的状况外，还提到我的文学创作，建议我去参加一些比赛，以获得相关院校的自主招生资格。那天，我爸像抓到救命稻草一样把目光聚到刘老师的脸上。

我爸看上去五大三粗，但也喜欢文学，当然他常看的是热血的古典通俗读物，《三国演义》《水浒传》《隋唐英雄传》之类。知道参加一些作文比赛可以获得重点高校高考加分的消息后，他就让我发挥特长往这方面攻，有时他还似懂非懂地去书店买来一堆写有"高分作文""××大赛获奖作品集"的书给我，很快我寝室里的书架都快放不下了。

　　高三那年成了我人生中最颠沛流离的一年，一面进行各科复习，一面还往全国各地跑，参加大大小小跟自主招生相关的作文赛事。我爸也放下家中的活儿陪我，夜以继日，候鸟般扇动日渐疲倦的翅膀。北京、重庆、上海，这些阴沉而落寞的大城市摆满了积木一般的高楼大厦，我们渺小地站在底下，感觉失去了家的方向。当我一次次看着自己的成绩与资格线擦肩而过，一次次听到身旁的选手欢呼雀跃时，我摇了摇我爸的手。他看着我，说："没事，还有下一场比赛，争取过。"或许是他也被折磨得没有力气了吧，说话不再像往日那般暴怒，可我真的很累了。所钟爱的事物一旦成了累赘，或许放弃便是最好的选择。

　　去上海参加最后一场比赛时，在宾馆里，我认识了肆崽。他瘦瘦的，戴着白框眼镜，挑染着几绺金黄色头发，穿颜色明亮的衣服，是个一进高中就被家人安排报考影视编导的艺考生。他也同样忧伤，但比我幸福，自小就被父母宠着，没被打过。他爸妈都是文化单位的干部，一心希望他以后能当作家出名，所以在肆崽上小学时，他爸妈就开始让肆崽写文章，写得不好，他们就帮着改，并联系报纸杂志发表刊登。他爸妈还以肆崽的名义开了博客，在单位无聊时就在上面替儿子写东西，回复别人。夜里，我们坐在宾馆外的草坪上聊了很多。上海的冬天有些冷，空中无繁星，阴沉的云层不断下压，仿佛要压到我们心上。

　　肆崽说："我们都像极了大人手中的棋子，被摁在哪里就在哪里，呆呆地杵着，没有自由。"我点了点头，没有说话。肆崽悄悄点了支烟叼在嘴上，吐出一团烟雾，谜一样散开。我问他为什么要抽烟，他说是因为害怕。"害怕什么？"我问。他又吐出一口烟后，说："明天的现场比赛心里没底，我很想赢，但又清楚自己的水平不能跟你们相比。"我心里有块铁片突然滑了一下，我看着肆崽，呼了一口气说："我可以帮你……"

那天深夜，我在准备赛前的素材，并在草稿纸上拟写出一些模板、框架。我爸过来瞅了几眼后，就独自走到阳台上抽烟，落地窗帘被拉上前，他回头看了我一眼，带着略硬的语气说："最后一次机会了，一定要抓住。"我没回应，默默低下头，想哭却又忍住。我爸不知道到了明天我会跟肆崽交换彼此试卷上的考生信息，两个孩子的人生可能就此发生变化；他也猜不到自己千辛万苦一手设定的路线，悄然之间就要被人篡改，我在一种叛逆的窃喜中悲伤。

那场现场赛，我写得很顺，时间没到就交了稿子。我想自己的那篇文章应该会是 50 个一等奖中的一篇，而它后面跟的也将是"肆崽"这个名字。事实果然如此，肆崽拿到了高校加分资格，而我落榜了。

那天我爸疯了似的摔着宾馆里的物品，幸好都是一些被褥和塑料制品，之后他狠吸了几口烟，终于安静下来，一个人坐在阳台上发呆，像一个年老的玩偶。他本以为一切可以回到他设想的路径上来，却不曾想到情况到最后失控了。他转过头，目光黯淡地看着一脸平静的我，嘴角翕动了一下说："回去好好高考……"他真的累了，或者说老了，口中最后一个字的发音都显得那么微弱、苍白。

之后我开始安心复习，像正常考生一样跳进高考的洪流中，由于数学成绩始终没有多少起色，最后我离一本线差了 30 多分，考上了北方的一所二本院校。而肆崽的文化课成绩只有 400 分左右，却因为是艺考生以及参加作文大赛获得加分，去了上海的一所知名戏剧院校。我不后悔当初做出的决定，因为我要回了自己那么可怜的一点自

由，可以去过自己想要的生活。

原想着日子就这么平淡地从夏至走向白露，却不料在临行那天，我爸竟狠狠掴了我一个耳光。原来心有不甘的他买到了 8 月底最新出版的有关那届作文比赛的获奖作品集。当他看到肆崽的那篇复赛文章时，顿时傻了眼，自己的儿子赛前准备的素材竟然都印在上面，再细细一读，凭着平日读我文章的感觉，他断定那篇文章就是我写的。他思量许久也想不出个究竟，便气急败坏地把我叫到客厅，把书丢给我，问我是不是主办方判错了。我说主办方没有弄错，是我自己跟别人换了卷子，我只是想要回自由，不愿自己和他那么累。不容我多做辩解，我爸一个巴掌下来。盛夏大雨滂沱。

我忍着脸上的痛拉着行李箱冲出了家，过了一会儿，他追了出来。雨下大了，我爸费尽周折跑到了客运站，站前积满雨水，他不管不顾地蹚过来，雨水灌进了他的鞋里。我爸长吁短叹地站着，似乎朝我坐的巴士方向看了一眼，我连忙把头埋下。他的目光很快又撤离到其他车上，抑制着想要大声喊出什么的冲动，靠在客运站的大门边。我抬起头，看向窗外，一个曾经铁打的汉子，此刻竟像一峰年老的骆驼。风不知从何处钻进来，连着车上的空调吹到身上，冷冷的。

张爱玲在《易经》中写道："我们大多等到父母的形象濒于瓦解的时候才真正了解他们。时间帮着我们斗，斗赢了，才觉着自己更适合生存。"在这场兵荒马乱的青春里，我难得赢了一回我爸，当看见玻璃窗外那个逐渐远去的身影时，自己却怎么也笑不出来。

四年后，我考上了某重点大学文学院的研究生，并写了几本书。而肆崽成了戏剧学院里那一类十分普通的学生，脱离父母后的他没再写些什么，毕业后到他父母单位待了一阵便出国了，从此杳无音信。

兜兜转转之后，自己还是与文学脱离不了干系，离轨的火车重新回到了轨道上。回过头想想，现在自己正走的路或许跟我爸当初为我规划的未来差不了多少，4 年前因叛逆做出的那个决定似乎可有可无。但是，如果青春没有弯路可走，哪能看见人生拐角的精彩，又怎么会学着去成长，去珍惜？

父亲，我不愿自己的人生被你设定，你所能陪伴我的只是一程，还有更多的明天、未来需要我自己去过、去活。所以，请您原谅我年少时做出的决定，我只想成为自己人生的主角。

一群没有故事的女同学

王小柔

　　王小柔　20世纪70年代出生，知名媒体人、作家，"王小柔悦读会"创建人及推广人。已出版《把日子过成段子》《有范儿》《乐意》《越二越单纯》《都是幺蛾子》等书。

　　中学时代挺遥远的。中间的距离隔着我和我儿子的时光，他都长到了马上该上中学的年纪。

　　跳过这三十年的空白处，觉得今天的孩子们活得真洋气。

　　因为我在南开大学出生，作为职工子弟顺理成章地上了南大附小、南大附中。所以成长历程毫无新奇可言，那些同学和老师经常能在小卖部、澡堂子、菜市场、粮店或者路上遇见，根本不用走出校园，就像生活在一座孤城里。那时候的春天，南大校园里连花的品种都很单一，到处攀爬着牵牛花，一群一群没有故事的女同学放学就沿着墙边掐花，然后使劲往自己的手指甲上捻——那是我们早期的指甲油。虽然一点颜色都染不上，但几个人依然会伸出手，比谁的指甲颜色更好看。

我们的青春期就是在那样一个颜色匮乏的时代开始了，没有故事的女同学身体发育得比牵牛花快多了。初一的女同学们彼此最关心的一个重大问题就是"你来了吗?"这句话像一句暗号，大家自动分成两个阵营，"来了的"和"没来的"。体育课上，终于有人拿来了假条，我们第一次让家长证明自己的孩子"身体不适，免上体育课"，交完假条，从体育组出来的女同学会骄傲地跟同伴会心一笑。

"没来的"人数越来越少，源于自卑的压力也越来越强烈。我就是其中之一。尽管"来了的"女同学很大方，给"没来的"女同学非常细致地讲了她身体的感受，但她说得越详细，我们越期盼这样的"倒霉"能发生在自己身上，也就越发自卑。

早操要绕操场跑两圈，这是全校的活动，不允许请假。跑着跑着，前面女同学的裤腿里掉出个东西，有热心的男同学"见义勇为"，一边大呼"谁谁谁你掉东西啦"，一边从地上捡起那东西快速向前追，这时，身边的哄笑声让他下意识知道这东西不好，赶紧扔掉。

当全班没有故事的女同学都"来了"以后，气氛明显愉悦了，大家终于都松了一口气，随大溜儿的感觉真好啊!

男同学开始长胡子的时候，女同学原本松松垮垮的衬衣显得紧了。那时候还没有"维多利亚的秘密"，而且我们的审美标准向平胸倾斜，大家都觉得曲线美太让人害臊了。所以，在我庆幸多穿一件背心就能掩盖住自己曲线的时候，有一位女同学自己动手做了一件特别紧身的小坎肩，她向我们展示过，跟个铠甲一样结实，在胸口处有一排一个挨一个的白色纽扣，再罩上一件背心，束胸效果很显著，简直像个男的似的。我们纷纷回家效仿，但终因为夏天被捂得实在太热而

放弃了。

可是青春哪是布条就能束缚得住的呢？班里有一个发育特别超前，身体素质特别完善的女同学，每次上体育课跑步，她都落在最后，不是她跑不动，而是她的胸颠得实在太厉害，忽上忽下，她自己难受，我们看着也难受，那些同在青春期的男同学倒是很兴奋。依然是因为自卑，这个女同学的学习成绩总是班里最差的，后来不知道为什么她就转学了。

我们是一群特别有责任心的女同学，体现在我们有大局意识，打心底里不愿意给班集体抹黑。不像男同学，总是故意制造争端引起各方注意，以为当众被揪到前面挨批或在大喇叭里念检查，就是少年英雄主义了。唯独没有故事的女同学们，愿意用自己的生命维护班集体的荣誉。

因为教学楼内有值班老师检查学生是否迟到，来晚的必须去主动登记并写明迟到原因，还要班主任签字，最后的考勤会影响"流动红旗"的去向。有一天，我们正在上第一节课，忽然窗户上趴着一个阴影，在老师转身写板书的时候，她开始敲窗户。我们的教室在二楼，一个身单力薄的女同学为了不给集体荣誉抹黑，愣是从教学楼外面爬上来了！这是什么精神，是大无畏的革命英雄主义精神啊！里面的同学一点儿都不淡定，尖叫着帮她拔护栏外面的腿和鞋，幸亏那时候吃的都不太丰富，女同学们就算发育，也跟练过缩骨术似的，给一个缝都能钻进来。那堂是化学课，老师都已快到退休的年龄，哪见过这个场面啊，她转身写个公式的工夫，就从二楼窗户爬进来一个披头散发的孩子，她"嗷"的一声跑出去，估计到教务处汇报去了。班里的同学们万众一心保卫"流动红旗"，决不出卖没有故事的女同学。所以，在年级组长和校长进来之前，大家已经进入了学习状态，问谁，谁都不承认刚才的那一幕。化学老师眼里长时间保留着恐惧。

我们很抱团，不允许班里任何一位同学的学习掉队。我的物理成绩是最差的，因为我总是把公式用错，而且我打心眼里认为学这个没什么用。所以，我的物理卷子一般都是平心而答，分数基本随缘。某次期中考试，卷子发下来，及格的分数，老师用蓝色笔写成绩，不及格的用红色笔写成绩，打老远我就看见自己卷子上的红色数字了。我觉得特别自然，可是没有故事的女同学们不愿意了，对于 57 分这样的成绩，她们认为一定能从卷面上找出几分，让成绩变成蓝色。功夫不负有心人，还真找出了老师误判的 4 分。她们让我去找老师，我举着卷子把自尊踩在脚下，出发了。

老师一个月没洗的头发打着绺，一簇一簇闪着油光。我等他注意到我站半天了，才敢递上卷子怯生生地说："老师，有一道题您判错了，您能给改过来吗？"老师一把拽过卷子，看了一眼我用铅笔圈起的题号，说实话，那个铅笔印儿都充满了谦逊谨慎，轻轻的，好像生怕稍微一使劲就能表达出对老师的不满。老师推了一下眼镜，把题上红色的大叉号改为对勾，就这么一下，我松了一口气。头发打绺的男人嘴角歪着，不冷不热的笑从里面渗出："题是你刚才改的吧？"在他打开铅笔盒翻有水的蓝钢笔时，我抽过卷子，恨恨地对他说："我没有！"然后夺门而去。

没有故事的女同学们围拢过来，看我趴在课桌上"呜呜"地哭，很纳闷，当她们弄清原委，最后一节课的上课铃响了。之后的一个月，没人再关心我的那 4 分，但物理老师的自行车不是被拔了气门芯、扎了车胎，就是好好的车本来放在存车棚里，不知什么时候被扔

在学校后面的河边。

我们的爱情启蒙老师是琼瑶、金庸，受他们的文学作品的影响，班里的任何风吹草动都被大家在想象里编了好几遍，然后被传得轰轰烈烈。所以，"小荷才露尖尖角"的两情相悦，在老师眼里是那么丢人现眼的事，但在我们心里，他们就是不向恶势力屈服的英雄。没有故事的女同学很茫然，因为实在不知道这种神奇美妙的事怎么落到自己身上，于是大家开始迷恋体育老师，迷恋学校篮球队队长，迷恋留着分头的"四大天王"。反正就跟感情投入在一把墩布上一样，确实也没有什么实际意义。可即便这样，没有故事的女同学们还是能制造点小忧伤，流点小眼泪什么的。除了学习，我们的闲工夫实在太多了，那时候连小班都没有，作业负担不重，连我这么内向的人，都闲到了给建筑工地义务搬砖的地步。

在没有故事的女同学们逐渐用琴棋书画来武装自己的时候，我每天早晨5点起床，跑到水上公园外的一片林子里打算拜师学武。影视作品里演了，想拜师就得天天去，用诚心感动师父才能得其真传。我按照电影里的情景找到一位白衣白裤白胡子的老大爷，他从第一天起就跟我说："你早晨背背英语单词多好，学这个干吗？"我坚持了三天，到第四天的时候，"师父"没扛住，留下一句"我真的什么都不会"，再也没出现在小树林里。要不是有人说，某个凌晨在那儿发现了一对自杀的情侣，估计我还在寻找身怀绝世武功的师父呢。

最后我听了没有故事的女同学的劝，买了一把木吉他，报了古典音乐弹奏班，从此走上一条特别文艺的音乐之路。后来我才发现，稍微有点文艺情怀的人，情窦初开的成功率很高，交的那点报名费也算值了。我们把抄得密密麻麻的歌词本互相传阅，还得用彩笔画点夸张了的大花朵装饰一下，那些靡靡之音似的歌词写出了我们的心声。

当年成天背着一把吉他在马路上骑自行车，我觉得连自己的背影都骄傲极了。

我的中学时代是最懵懂、最有趣的几年。那些没有故事的女同学后来全都散落在天涯，也没了联系。但我回忆年少时光的时候，她们马上能来到我眼前，好像从来不曾长大、不曾丢失。

后来，没有故事的女同学们都该各自有了很丰富的故事了吧？我想。

昨日当我年轻时

朱天衣

朱天衣　1960 年生于台北，祖籍山东临朐，知名作家，同时也曾是台湾红极一时的校园歌手，平生还致力于动物保护与生态环保运动。生长在一个文学家庭，与姐姐朱天文、朱天心同为台湾当代著名作家。著有小说《旧爱》《青春不夜城》《孩子王》《再生》等，散文《朱天衣散文集》《我的山居动物同伴们》等。

成人后，偶遇一位女尼，抚着我的掌心说："你的年少时期过得很坎坷呀！"这段批注全然颠覆了我对自己成长期的评价，自以为的多姿多彩，在命理师的眼里原来只值"坎坷"二字。

刚升入初中三年级，班里黑板上便大大地写着联考倒数计时日，每天有考不完的试、做不完的参考书，晚自习结束后回到家吃饱饭，便在书桌与床铺间挣扎，永远觉得睡眠不足，天天郁闷地问自己："为什么要读书、为什么要考试，不能直接到工厂当女工赚钱自力更生吗?"如此自哀自怜地熬了一整年,当联考结束,面对填报升学志愿时,我选择了再也不需要大考的台北工专(即现在的台北科技大学)就读。

选择这所五年制的学校,还有一个原因,那就是我"五专联招"考得太好了,不去读太可惜了,且听说学校全然是大学管理方式,也就是说可自己选课、偶尔穿制服即可。最重要的是,头发长度可以不必再谨守耳根上一公分的限制,哇!能不再顶个丑到爆的"西瓜皮"是一件多么吸引人的事,所以,我便如此欢欣鼓舞且不知死活地进入这所全是工科专业的学校就读(台北工专的课业其实是非常吃重的)。

新生训练时,才发现所念的化工科全班50多人中只有4个女生,而其他科系的女生更少,五年制的学生总数约两三千人,却只有52名女生,性别比例如此悬殊,女生炙手可热的程度便可想而知了。开学没多久,各个社团全来拉人入社,年轻时的我全然不知如何拒绝别人,因此莫名其妙地加入了一些奇奇怪怪的社团,京剧、合唱团是我自己选的,至于其他育幼社、创新社、口琴社等,则是连社团成员都不知道自己在做什么。

一样让我拉不下脸来拒绝的是运动会的比赛,我这1.7米的身高,总让人误以为是运动场上的健儿,因此,在女生如此稀少、许多项目几乎无法成赛的状况下,我便成了学校主办单位觊觎的对象。首先是400米赛跑,对这个长度不太有概念的我问:"要跑多远?"我们女生总干事答道:"没多远。"脸软的我便应了,对方看我如此好说话,便乘胜追击游说我也参加800米比赛:"不过就是多跑一圈嘛!"直至运动会当天,我才知道800米只有两名选手参加,另一位四年级的学姐还说是来陪跑的,想象一下两个女生要在众目睽睽之下(含三专日夜

间部至少有个三五千人），上气不接下气地绕着操场跑两大圈，多尴尬呀！而且跑到最后 20 米，眼看着那学姐从我身边直蹿至终点，"哎、哎、哎！她不是来陪跑的吗？"所以，那场比赛我得了个第二名。

类似的经历还有很多，独唱比赛一样找我去凑数，口琴演奏我也被找去伴唱，在没有麦克风助阵的情况下，要在四五十人死命用力的吹奏中突破重围，那简直和在战场上拼斗无异，一场混战下来，年少的我只知道掉眼泪，若换成现在，大概当场就会飙出一句脏话："×××！是谁发明这种玩法的！"

其他诸如此类的表演比赛也不少，一至三年级每学期所参加的合唱团大专院校比赛，任我们再怎么努力，仍然只能得到乙等奖，毕竟这样男女混声的合唱比赛，对女生资源不多的我们来说很是吃亏（几乎会唱歌的都被抓上阵了）。但自从我离开学校后，这工专合唱团却年年都得甲等。当时带别的学校参赛、后来成为我们"三三合唱团"指挥的老师做了如是解说——因为床上蹦出的那根弹簧给拔除了，所以搞了半天，我是那根蹦坏的弹簧？

在可以尽情发挥个人表演欲的京剧社里，我便有一种如鱼得水的欢快，年纪轻轻的却爱钻研这老古董，因天性而聚在一起的这伙人，便有着雷同的古怪，我们像一堆老灵魂般聚在一起，谈的都不是同龄人会关注的话题，我们的偶像不是某个影视明星，也不是某个运动健将，全是已然作古或音讯杳杳的菊坛伶人：四大名旦梅兰芳、程砚秋、尚小云、荀慧生，老生泰斗余叔岩、马连良、谭鑫培、言菊朋，全是我们念兹在兹的传奇人物。

一年级，我们演了出热闹戏"五花洞"，真假潘金莲一字排开，有胖有瘦有高有矮的很富戏剧效果，这出戏中人物多，除了八个潘金莲、八个武大郎，还有张天师借来的天兵天将与众妖魔打成一团，可以想见后台会是怎么个乱法，还没上台大伙已忙得个人仰马翻，最后戏演完了，才发现有人虽然上了妆穿了戏服，却始终没出场，但似乎也无碍大局，类似的逸趣足足让我们捧腹到下次公演有了互相取笑的新材料时才停止。

尔后我陆续又演了《法门寺》中的宋巧娇，还在《红娘》中与学姐共串红娘一角，最后便是《贵妃醉酒》——这次公演一样又面临女生不足的问题，只好请上大姐及几位"三三集刊"的朋友，"共襄盛举"扮演大阵仗的宫女，彩排时问题不大，但真正化妆、穿上宫衣、戴上冠帽，每个人的手脚都不知往哪儿放：有提着香炉宫灯的，才走到台中央绳子便打了结，扯了老半天才解开；姐姐和另一位朋友负责贵妃身后那一对大大的团扇，待贵妃坐定后，便可把那长长的扇柄支在地上，但这两位宫女却不懂得取巧，像苦力一样一直悬空撑着，险些让头顶冒出的汗珠把妆都给弄花了。

在念工专期间，我大半的心力都放在京剧上头，以至每当有人惊讶于我读工科，问我读的是哪个科系时，父亲都会说"台北工专京剧科"。如此的不务正业，本分功课自然是顾不好，再加上我已无法满足于票友、票戏的身份，便在读四年级时离开了工专，到父亲当时任教的"文化大学"，跟尚小云的弟子梁秀娟拜师学艺去了，这也是后话了。

在读台北工专期间，除了和京剧社的同好成了莫逆之交（至今仍有联系），在众学长纷纷服兵役期间，又在校内认识了几位社团负责人，因此结成死党。八兄妹中我年龄最小且是唯一的女娃，说实在的，这几位哥哥都一表人才，我们一伙聚在一起常引人侧目，大家都

说我很厉害，能摆平这些才貌双全的大男生。其实真实状况是，他们从来没把我当女生看，打篮球时该别该撞的绝不会客气；野外爬山露营时我也从没喊过苦；聚餐时也没享受过特权，一样要按份付账；唯有舞会找不到伴时，他们才会想到我这老小是个女生，可以滥竽充数应个卯。

16岁时，我参加了第一届"金韵奖"校园民歌大赛，也是因为这群死党的缘故。其中一位哥哥是古典吉他社社长，弹得一手好吉他，平时大伙聚在一起便爱弹弹唱唱，当看到比赛讯息时，便去报了个团体组，他们问我要不要报名个人组，我说随便，结果是练了许久的团体赛第一轮就被刷下来了，反而是随便参赛的个人组一路晋级（据说当时有上千人报名）。决赛当日被主办方叮嘱，别再穿制服登台了，只好偷偷地从大姐的衣柜中拿了一套洋装应急。说"偷偷地"，是因为自觉这不是一件光彩事，始终没让家里知道，是后来灌了唱片面市了才曝了光。听说那张唱片大卖，因此带动了后来整个校园民歌的风潮，也让众多音乐高手，包括词曲创作人，包括一等一的好嗓子歌者，都汇聚在一起，唱起属于我们自己的歌（在此之前，年轻人唱的听的多是西洋流行音乐）。齐豫晚了我们两届，而蔡琴则是在另一个唱片公司办的竞赛中脱颖而出，同样被归类为"校园民歌手"。

说了这么多，也许只是想印证我的青春岁月是精彩有趣的，其间也谈了几场没结果的恋爱，一样曾被伤得很惨，因为是全心全意地投入，所以完全无怨无悔。若以结果论，包含辍学在内，或许真可谓之坎坷，但我仍觉得自己在年少的那段日子中学到许多许多，也得到许多许多，若人生能倒带再重来一次，我想我仍会选择这看似困顿却也异常丰富的青春岁月吧！

三女神

路　明

路　明　大学物理老师，《ONE·一个》常驻作者，代表作有《名字和名字刻在一起》《与君生别离》《有一种战争注定单枪匹马》《关于浪漫》《睡不着》等。

黄潇潇

黄潇潇同学打小就是一个招老师疼爱的好孩子。小学时她在隔壁班，我常听说她的事迹：冒雨到学校画黑板报，组织同学去敬老院打扫卫生，并悄悄把偷懒同学的名字记下来。周一的升旗仪式，黄潇潇同学数次登台并发表重要讲话，马尾辫一甩一甩的，像一只骄傲的小母鹅。我那时身体差，每个月至少要请一个星期的病假。有一次，我生病惊动了少先队班委，大队委员黄潇潇在一帮中队长、小队长的簇拥下来我家慰问，给我补习功课。我不是虚荣吗，故意请教黄女神一

道奥数题。女神想了半天，不会，于是我给她补课。

初中，我和黄潇潇同班。那时流行一种叫"踏脚裤"的紧身裤，黄潇潇同学穿上最好看。做完课间操回教室，男生们都喜欢跟在她身后上楼。

每个男生的心中，都有一个又骄傲又美丽的女同学吧。她们成绩优秀，风头出尽，是你妈揍你时的"看看人家"。她们时而楚楚可人，时而刁蛮无理，到处有男生谄媚讨好，偏偏她们一副谁也瞧不上的神情。青春期的男生谁没被她告过状，谁没幸灾乐祸地看着她考砸了"呜呜"地哭，谁没偷瞄过她做跳跃运动直到痴呆过去，谁没在课本上画过她的侧影又匆匆涂抹掉，谁没当着她的面打过架，以炫耀"男人"的武功，谁没恶狠狠地想，以后再也不喜欢她了，但第二天又故意在她面前卖弄才情？

青春期的男生最丑：变声，长痘痘，稚气的嘴唇上生出的小绒毛，爹妈还偏不让刮，最要命的是猥琐。我每次看自己那时的照片，都有想一头撞死的冲动。女生却个个像含苞欲放的花骨朵，"豆蔻梢头二月初"。黄潇潇这样的简直是万千宠爱集一身，一颦一笑牵动无数少男的心。

中考后，黄潇潇进了省重点高中，继续做她的公主。或许是"高处不胜寒"，整个年级的男生都在议论她，却没有人敢表白。高二时，体育委员写了一封似是而非的长信，当面对质时却极力否认。黄潇潇觉得很失望，"恋爱"远不如想象中那么美好。

进了大学，黄潇潇的情窦终于开了。人生第一场恋爱便是网恋加异地恋加姐弟恋，不该赶的时髦全赶上了，轰轰烈烈谈了七年。对方很优秀，却是情场高手。刚学会"小米加步枪"的黄潇潇，迎战一场

"全方位高科技战争"，不败才怪。

前年冬天，黄潇潇同学结婚了，跟初中暗恋她的一个男同学。

蒋方方

我和蒋方方同学算得上青梅竹马。我爸和她爸是发小，他们还是两条"光棍"的时候就醉醺醺地给我们订下娃娃亲。小时候常有不怀好意的大人问："讨方方当媳妇好不好？"我就红了脸，忙说"不着急，不着急"，但谁都看得出我很着急。

美好的时光总是转瞬即逝。有一回我在她家看《蓝精灵》，和她争辩了几句阿兹猫是公是母，结果被她一脚从床上踢下来。这是平生第一个把我踢下床的女人。

方方同学的成绩好，外加擅长演讲和主持，一直深受老师的喜爱。她是一个强势的小领导，执政风格强硬，经常和各种不服她的男生单挑。比如，当言语管教无效时，她就吩咐手下反锁教室前后门，讲台前空出一块地方，和男生街头霸王一样地互殴，往往以男生哭着回家告终。只有一次，方方同学败了，前额撞到了粉笔槽，血流了一脸，被送进医务室缝了四针。后来她告诉我，她没哭。

初一那年，方方领导了一场轰轰烈烈的群架。对阵双方都是青春期蠢蠢欲动的小女生。方方挥舞着皮带英勇地冲锋陷阵，仿佛油画中振臂高呼的女神；喽啰们也一拥而上，揪头发、扇耳光、扯裙子，把对方那伙女生揍得哭爹喊娘，让一帮观战的男生看傻了眼。

这事闹得挺大，方方为此写了检讨，并被取消了市"三好学生"的资格，此后，方方在光荣榜中消失了。方方的穿着一天比一天时

髦，成绩一天比一天滑坡，烫头发、戴耳环、穿高跟鞋，还跟镇上的一个小混混谈起了恋爱。小混混正是当年唯一击败她的男生。每晚放学，小混混倚着摩托车在校门口等她，两人肆意嬉笑一番，绝尘而去。老师们一声叹息："这孩子废了。"

初中毕业，我离开了小镇。方方没考上重点高中，留在小镇读高中。听说她退出了江湖，又跟小混混做了了断，重新用功读书。无奈落下的功课太多，再怎么努力，也找不回昔日春风得意的蒋方方。

高考落榜后，方方换了一份又一份工作。几年前她眼光独到，开了小镇上的第一家婴儿用品店，生意红火，今年又在城里最繁华的地段开了第三家分店。那些当年断言她"废了"的老师纷纷说："早就知道她会有出息。"

小学是她的花样年华，呼风唤雨，万千宠爱集一身；中学是她的草样年华，狠狠跌落在地，迎着一片刺人的眼神，低到尘埃里；走上社会，经历了一番阵痛一番磨炼后，她终于找回了自己的舞台，冲天飞去，那是她的鸟样年华。

杨花花

杨花花是村里的姑娘，五年级才转到隔壁班。

数学老师是上海女知青，她很喜欢我和花花，常给我俩开"小灶"。那应该是我对花花的最初印象。我记得她瘦瘦小小，不爱说话，穿着土气。一次跟她争论"鸡兔同笼"，我说不过她，于是愤愤地想："村里囵。"

上了初中，我俩依然不在一个班。一个百无聊赖的午后，我在楼梯拐角处撞见了花花，才发现她长高了，皮肤也白了许多，却依然是"村里囡"式的害羞，红着脸一低头跑了。

那时我刚结束了人生的第五段暗恋。暗恋对象是青梅竹马的蒋方方同学，直到那天在她家看《蓝精灵》，一言不合，被她一脚从床上踢下来。之后有一次，在校门口被值勤的小姐姐拦住。小姐姐比我高半个头，小胸脯微微隆起，皱着眉问我："为什么不戴红领巾？"仿佛正义的化身。在她训斥我的时候，我有一种异样的感觉。以后只要是她值勤，我就不戴红领巾。后来她转学了，我只好去喜欢隔壁班的长发妹，一个很温柔、乖巧的女生。我一下课就跑去看她，上课铃响了三分钟，我才气喘吁吁地跑回自己的座位，"异地恋"真的很辛苦。一天放学，想着看一眼心上人再回家，结果发现长发妹正在用拖把殴打男同学。第四位暗恋的姑娘迟迟不发育，座位从倒数第三排持续推进到正数第一排。第五位是文艺委员，会弹电子琴，还参加过全镇的朗诵比赛，直到有一天她红着脸找我，打听另一位男生的生日。正当我一颗春心屡屡碰壁、无比烦恼的时候，花花出现了，适时地填补了我的感情空白。

觉得自己差不多算是情场老手了，于是我苦心制造着各种"巧遇"，没事就往花花的班里跑，由此还造成其他女生的误会。有花花在场的时候，我总是十二分不自然，不是大声说着幼稚的笑话，就是和其他男生扭打成一团，仿佛发情的公羊。放学了，我背着小书包目送她骑车远去，觉得这样的生活真美好。

初中三年匆匆而过。中考后，花花考上省重点高中，我到上海读书。我以为会就此忘记她，就像忘记值勤小姐姐、长发妹和文艺委员一样。谁知我还是常常会想："那个村里囡今天穿什么衣裳？功课忙

不忙？"

高考前，花花找我爸填志愿（我爸教高三多年）。我憋红了脸，打电话给我爸，支支吾吾地说："把她留在上海吧。"电话那头是笑而不语。花花想学法律，我爸给她的第一志愿填了华东政法大学，哪晓得被她的班主任改成西南政法大学，理由是上海的高校太热门，把握性不大。分数公布，花花以高出华东政法学院分数线60分的成绩远赴重庆。我仿佛看到两人从此渐行渐远，尽管最近的距离不过是隔壁班。纠结了一个暑假要不要向她表白，终究还是没说出口。

大学四年，我再也没有见过她。偶尔通一回电话，听她抱怨重庆阴雨连绵，食堂的炒青椒都要放辣子。我有一搭没一搭地说着理工科很无聊，打篮球输了，或是又换了妹子。她笑我花心。事实上，我找的每个妹子都有点像她，要么是发型，要么是背影。

毕业那晚，我躺在草坪上给她打电话，告诉她这些年的想念。我说："这样吧，我以后就不喜欢你了。"手机那头泣不成声。校园里弥漫着醉酒的味道，有人大声唱着离别的歌。露水打湿了我的头发，这是我的成人礼。

回想那些漫长的日子，像一块赌石，切开之前，永远不知道石头里藏的是石头还是翡翠。赌，押上最好的年华当筹码，却迟迟不开口，迟迟不肯动那一刀。

三年后，花花结婚了。每年她的生日，我都会发一条短信："生日快乐。"绝不多说一个字。她会回："谢谢你还记得。"

我当然记得。

最好的我们

倪一宁

倪一宁　1994年生，新锐写作者，作品见于多家文学杂志及"一个"APP等新媒体。

那一年，我上高三。没有预想中的兴奋，也没有什么寂寂的悲哀，我把厚厚一沓书从原来的教室搬到高三的教室里，然后打量了一下这个陌生的环境。

教室比原来的更大，我坐在靠窗的位置，空气中有浮尘飘着，随着阳光和气流的节奏起起落落。老师在讲台上进行着高考动员，底下的学生分成两类：要么趴在桌子上有气无力地装睡，偶尔抓到老师的一个语病就得意地笑；要么就是奋笔疾书，用实际行动最先响应班主任的号召。

倘使真的有时光机，我觉得我乘时光机回去看到的应该是这样的：

老　师

　　语文老师语调柔和地讲着子贡善言辞，子路最刚强，颜渊身处陋室仍然不改其乐。她讲忧国忧民的老杜，也讲那些华丽旖旎的无题诗，她好像知道每一个诗句背后藏着的情愫，也知道每一个诗人不可言说的秘密。数学老师应该是在讲难题，然后不时地发几句牢骚："你们呀，就是不用心学。我为什么30多岁就秃顶啊？因为我在用心想题目啊。你们的头发一簇簇那么多，一看就知道在想看什么电影。"我们在底下笑得歪歪扭扭，他就随手一指："谁笑得最高兴谁就上来解这道题。"大家顿时变身"内奸"，相互攻讦对方笑得欢。老师在台上扶一扶眼镜，嘴巴抿得紧紧的，我知道其实他想笑。英语老师一边读单词，一边监督我们有没有小动作，不时还弯下身子查看听写的情况，被看的那个同学一般都会用手遮挡，反应不够快的就要被点名："中午早点吃饭，然后到我的办公室来聊天哦。我帮你准备好糖和水果。"地理老师笑眯眯的像一个弥勒佛，永远那么和蔼地接受我们的质疑，也总被我们嘲笑数学不好。我们做练习题的时候，他就在教室里来回走动。那时候我是他的课代表，新年收到过他送给我的明信片，平时他都是自己拿一大摞作业本，剩下的那些才让我拿。他最平易近人，从海南回来给我们带特产，在放假前顺应民心放动画片，还会把我们一个个叫到讲台前，问最近哪些内容不太懂。

　　那时候我被暖气团、冷气团的运动轨迹困扰，虽然上课也认真听课，课外也找习题做，可考试时面对题目还是搞不清楚。在我把同一题型做错了4次之后，地理老师把我叫到了办公室。他给我搬来凳子，耐心地从最基本的原理讲起。我是好学生啊，听他讲这么基础的概念当然就觉得既无聊又丢脸。老师大概也猜出了我的心思，他慢悠悠地讲："不要觉得这个很简单，不要急，我们从最基本的讲起，才能发现漏洞。不要急，我们慢慢来。"

其实那时候已经是三月了，每个人的内心都有焦灼感，可是老师就呷一口茶，笑着讲"慢慢来"。自那以后，我每次在考场上"卡壳"时，都会想起那句"慢慢来"，减少了不必要的焦躁情绪。现在想起来，觉得温暖而有力。

同　学

那时候我旁边也有特别用功的同学：坐在后排的女生上体育课还带着习题集，下课后大家也会讨论一些题目；旁边的清瘦聪明的男孩子，对着地球仪给我们讲晨昏线；午睡时，也有同学跑到自修教室去做题……

时间突然就走得快了。那应该是入冬了，教室里空调的暖风开得挺高，同学们大多是穿着衬衫外搭羽绒服，有时候做着做着题目就有人把外套脱下，卷起衬衫的袖子。偶尔有人开小差偷瞄附近的同学：女生细细的手腕上缠着红线，飞快地书写着政治答卷，左手一翻书就能翻到要找的内容；男生的手骨节格外清晰，一行行地书写着证明题的过程，偶尔停一会儿，想下一步该怎么做。

高三那年，同学们一起结伴回家，在公交车上分戴一副耳机，分享喜欢的歌曲；也会"八卦"班里的要闻，惋惜隔壁班的校草被青春痘毁了姿色。那时同学们的胃口很好，一个人能把3碟菜吃个精光，

边吃饭边背单词其实也没多苦，偶尔抬头看向窗外，是漂亮的夕阳。

晚上在台灯前写没完没了地做作业，累了就开音响听音乐。洗澡的时候心安理得地浪费时间，看着泡沫揉在手心里，就开始不自觉地发呆。

其实我没有多少关于学习的记忆，但我记得许多无关紧要的事。男生们总是坐不住，自习课上到一半就偷偷溜出去玩。女生抱怨男生打完球回来一身汗味，却又在年级组长过来检查时，替他们想方设法地掩护；那个冬季下了一场少见的大雪，班长带领全班同学打雪仗，班主任翻着白眼加入了我们的队伍；全校的广播操比赛，别的班级都占用大量的课余时间去操练，我们顶着班主任的压力只训练了两次，最后很争气地拿了年级第一；运动会我们这支只有 11 名男生的队伍，居然也拿了男子接力赛的第四名——这个略显尴尬的成绩居然让我们全班相拥而泣。

甚至还有更不值一提的细节。

早上拿着鸡蛋饼或者牛肉饼急匆匆地冲进学校，到了教室后，披头散发地躲在英语书背后喝豆浆；老师布置完作业后，总有那么几个同学嬉皮笑脸地喊"太多了"，老师也不留情地戳穿："×××，你喊什么，你又从来不做的。"这番对话就开启了课间喧闹的闸门。夏天的中午被强制午睡，躲在毯子里和同桌打手势，捂着嘴巴偷偷地笑，然后被班主任一对对地捉出去。阳光照在浅红色的眼皮上，暖洋洋的气氛让人忘了这是高三。

老师都不专制，会体恤地问我们每晚睡多久，如果大家怨声载道，就会减免一些作业。有的同学偶尔漏写了卷子，老师只说慢慢来。班会课没有挪用来做作业，大家还是嘻嘻哈哈地讨论其实和自己没什么关系的事情。在讨论如何正确看待日本地震时，班里有个男生一口气讲了 30 分钟；在讨论如何看待婚前性行为之前，去任课老师那儿做调查，严肃的女老师倒吸了一口气。

但这并不意味着我们过得松松垮垮。忘了是谁先开始提议每个晚自习做一张"文综"卷子，我们不再舍近求远地去吃牛肉饭和日式拉面，而是在学校门口的快餐店就餐，最后会到被大家抱怨的学校食堂就餐。大家的胃口变好了，为了减压也为补充体力的消耗，大家囤积了大量的零食。那时候脾气变得大了，为一点小事就急躁，这时候别人的体谅就变得尤为难得。邻座的女生数学考砸时，大家都藏起了数学卷子，闭口不谈成绩。课间一起争论一个单词的用法，纠结许久。

我喜欢那样的时光，它纯粹、干净，似乎是为了一个目的，似乎又没有目的。我也喜欢那时候的我们，在喧闹的青春中显得格外沉静。

和大家

我不记得变质岩、岩浆岩、沉积岩之间的关系，我也忘记了清朝皇帝的年号、是谁领导了淮海战役，我再也解不出三角函数、反函数、解析几何，我甚至经常想不起"百年多病独登台"的上句是什么，可是，我把你们记得清晰。我记得语文老师花样繁复的民族风裙子，记得数学老师解出题目时的表情，记得英语老师帮我裹紧外套，记得地理老师打招呼时毫无保留的笑容；我也记得我们班男生扭伤了脚站在跑道上的情景，记得邻座女生可爱的娃娃脸和在我过敏时有人悄悄递过来的口罩，记得一向关系不怎么好的同学在我发烧没胃口的

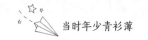

时候帮我买肉松饼和粥；我更记得偷吃过男生捎来的早饭，尽管后来我们只是朋友，可是我仍记得那杯豆浆的温热。

以前我们争论过男女生之间是否存在纯洁的友谊，有人还在班主任的要求下别别扭扭地互相牵了手，那时候尴尬得只想快点结束。可是在经历了那么多事情之后，在经历暧昧不清的纠缠和分分合合的牵绊之后，大家反而能够豁达地相视一笑。男生很自然地扶女生跨过水坑，女生买关东煮的时候会替打球到 6 点的男生带一份，我们比更多的大人都知道相遇有多难得。

高考如期到来，但在考前的那天晚上，我没有复习，而是对着电脑看了 1 个小时的情景喜剧。第二天一早，我被妈妈逼着吃了一根香肠和两个鸡蛋，结果有人吃得太多，在急刹车的时候差点被噎死。考前大家站在人行道树下聊天，班主任站到石阶上让我们拿准考证，大家蹦蹦跳跳地"吐槽"他的头发越来越少。考完爸妈死死憋住不问，反倒是我主动噼里啪啦地讲了出来，然后就是考完最后一场走出教室。

老师们向我们挥手致意，我们轻快地告别，好像明天还要来做卷面分析。

就这样结束了高三，之后的查成绩、填志愿，统统都不属于这一年。这一年，安静得如同窗外碧绿的叶子，喧嚣得如同夏季的蝉声，朴素得像宽大臃肿的校服，可是又涂涂抹抹像是数学的压轴题。

多么幸运地遇见你们，顺便遇到了最好的自己。

山长水远，路遥马亡

刘　文

刘　文　女，香港青年文学奖冠军，新概念作文大赛获奖者。

我18岁之前的生活乏善可陈，没有谈过恋爱，没有和同学打过架，没有差点被学校开除，也没有背着老师抽烟喝酒，我算是特别主流的好学生：进了全市最好的初中，然后早早就被保送到最好的高中里最好的班，在英语演讲比赛和化学竞赛中都拿过奖，时不时还能在当地的报纸上发表一篇"豆腐块"文章。我每天从早到晚都在做《五年高考，三年模拟》的练习册，眼睛的近视度数与日俱增，书包里揉成一团的演算纸越来越多，抽屉里有好几袋开着口的零食，以备我趁老师不注意吃一颗话梅或者嚼两片口香糖。

那时候我们班的名字叫"教改班"，大家私下戏称为"劳改班"，每次月考、模拟考、期中考的年级排名贴在学校的公示栏里，前50名里起码有49个人来自我们班。我们的教室在教学楼的顶楼，取的是"一览众山小"的意思。运动会全校走方阵的时候，我们总是走在最前面，团支书举着红色的班旗，步子迈得特别趾高气扬。班主任管我们管得非常严，除了要求我们门门功课都得在年级里遥遥领先外，还要求我们德、智、体、美、劳全面发展，军训的时候方阵走得要比其他班整齐，就连午睡的时候也要比其他班安静。外校的领导来我校考察的时候，常常会被我们班那种整齐肃穆的氛围给吓着，大家拼命学习的劲头里有种视死如归的悲壮。

我的同桌是个另类，她当时在偷偷谈恋爱，她的书包里有一支口红，她不敢涂得太鲜艳，所以只在嘴上稍微点一点。我们学校不允许烫头发，她打了个擦边球，把齐刘海给烫得微微卷进去，脑后还是扎着一把清汤寡水的马尾辫。就是这些小小的改变，让她在整排整排穿蓝色校服的女孩中显得格外出挑。她偷偷发短信的时候，我就偷偷看她抿起来的嘴角和笑意盈盈的酒窝。那是我从未涉足的世界。我知道她喜欢后座的男生，他们常常在下课的时候吵架，吵起来也无非是"你好讨厌啊""你好白痴啊""你怎么什么都不懂"，把这些话翻来覆去地讲。同桌说不过的时候就把男生的笔记本、摘抄本藏起来。男生倒是也不恼，趁午休的时候溜出学校，给她买两元五角钱一根的"和路雪"雪糕吃。放学的时候他们会一起走到学校门口，然后一出校门就立刻拉着手，咬着耳朵约晚上几点要打电话。

我的秘密则是每天晚上在被窝里打着手电筒写小说，这个秘密听起来既不浪漫也不靠谱。在所有的课程里，语文是最不被重视的。当时大家都信奉"学好数理化，走遍天下都不怕"，我们从高一开始就被编入各种竞赛班里，没日没夜地背艰涩难懂的物理公式、做化学实验，以期得到 20 分的高考加分。但我就是忍不住想要看小说，想看故事里的人背后藏着怎样的故事，想看早就埋下的伏笔会向什么方向发展，想看不同背景的人最终会有怎样的结局。做着物理竞赛题的时候，我仿佛总能看到故事中的人物在向我招手，呼唤我和他们一起继续命运的旅程。我把竞赛题典的封面拆下来包在《悲惨世界》的外面，还骗妈妈说《红楼梦》是高一学生的必读课外书。小说看得多了，我也不免手痒，想要写属于自己的小说，终于在一张英文练习卷的背面写下了300字的开头。我还记得我写了一个古代卖花女子偶遇微服私访的皇帝的故事。放到现在来看，这个故事说不定能发展成一部流行的"玛丽苏小说"。

我高二的语文老师程老师是教过我的所有老师里面最有心的。他有一本厚厚的摘抄本，每天早读课上，他会读中外名家的小说选段给我们听，从马尔克斯读到海明威，他那因为吸烟而变得沙哑的嗓音带我走进文学的殿堂。他不拖堂，也不占用我们体育课的时间。他讲解唐诗宋词的时候，眼神里充满了感情，仿佛看到了他的爱人。直到第一次月考前他都没有给我们讲命题作文的答题套路，也没有让我们做往年的练习卷。

他说："语文这个东西，不是说做几套练习题、背几种答题套路就能学好的。把唐诗、宋词背得滚瓜烂熟，也只是理解了皮毛。每一个字，每一个词，每一个韵脚，每一个声音，它们背后的故事是什么，作者写下它们的时候有怎样的心境，我们必须竭尽所能地去体会。我们要学会观察我们所在的世界。我们身边的每一个人，每一件事情，每一缕光线，每一丝声音，都有属于它们自己的诗意。"听程老师说这番话的时候，我只觉得很玄乎，尚未能理解其中的奥妙。那时他要我们学写诗填词，在春节的时候学写对联，学平仄和韵脚。他

还说如果我们能看一本小说或者一部电影，并且愿意写读后感或观后感的话，我们就可以不做《每课一练》。

我有一次误将自己写小说的本子当成随笔本交了上去，当我发现的时候吓得不轻，怕自己不务正业胡乱写的东西被他笑话。3天过后，他将我叫进了他的办公室，把小说本还给我。我看到他用红笔密密麻麻地写满了评语，字数竟然比我的正文还要多。"结构太拖沓""人物形象不鲜明""句子结构太复杂"，我越读心情越沉重，却没想到在结尾看到一个大大的100分。

程老师从桌子下面找出来一大摞书，放在最上面的是一本《中国当代小说选》。他说："你很有天分，只是不知道如何运用，先把这些书看完，然后再写一个故事给我看。"

坐在我前排的大周在程老师的鼓励下看起了各种各样艰涩深奥的电影，因为大周在随笔本里面写他想做一个导演。有一天他神秘兮兮地从程老师的办公室回来，给我看程老师写给他的电影清单，排在第一位的是法国影片《红》《白》《蓝》三部曲。

我和大周跑遍了学校周围的影碟店，都买不到这几张DVD。程老师给了我们一个地址，是他大学同学开的DVD店，在城市的另一头，那里收藏着各个年代的小众文艺电影。对17岁的我们来说，那里像是充满着取之不尽、用之不竭的宝藏。

我和大周窝在他家的阁楼上，一口气看完了这三部电影，看的过程中连大气也不敢出，我到现在都还记得电影里的那些长镜头：女主角在游泳池里来来回回地游着，巴黎阴暗昏黄的天气，礼帽和长大衣……大周看着看着竟然有些激动，他紧紧握着遥控器，说他将来也要拍出这样的电影。

"这是我的梦想。你的梦想是什么？"他抓着我的书包带问我。

"我要当村上春树那样的作家！"我那时候刚看完程老师借给我的《海边的卡夫卡》。

"那你写完了小说，我把它拍成电影，然后你拿诺贝尔文学奖，我拿奥斯卡奖。"他想了一会儿说。

"一言为定！"我和他拉钩。

我上高二、高三的那段时间里，在各种竞赛中并没有取得什么出色的成绩，倒是写完了整整 3 个随笔本，大部分的故事都毫无新意也缺乏技巧，但也有几篇最后发表在一些杂志上。我锲而不舍地做着我喜欢的事情，倒也不觉得辛苦。在那些早晨 6 点半出操、7 点钟上早自习的乏善可陈的日子里，我怀揣着小小的梦想，竟然也觉得每一天都熠熠生辉起来。

程老师在我们高二结束的时候，就被教导主任"贬"到普通班去教学。教导主任觉得他总是教一些高考不考的无用之物，害得一个个本来想要考清华、北大的人开始心心念念要当作家、导演。大周的爸爸把大周收藏的所有碟片都给烧了，他借给我的那几张得以幸存，大周说："那几张干脆送给你好了。"那时，我们已经开始进入高考前的总复习。

程老师经过我们班门口的时候总是行色匆匆，我们邀请他来教室里聊聊，他都找借口推辞了。直到高考结束，我的语文考了全校最高分，他才重新对我们展露出笑容。

他说，他一直觉得我有写作天赋，但又怕我最终没有办法在应试教育这个制度下得到我想要的东西，好在我最终没有辜负他的期望。

我高中毕业就去了香港念大学，之后去了法国，现在来到了美

国。绝大部分的高中同学我从毕业典礼之后就再也没见过，而我自己也不是一个擅长缅怀的人。我只是在人生中，一次又一次告别了熟悉的人和事，迷茫又执拗地向前方冲去。

我在网上看到了我同桌和后桌男孩的结婚照，他们在大学和工作之后分分合合了很多次，最终确定了要相守一生。大周按照家人的意愿念了生物，从本科一直念到博士，发表了不少论文，我不知道他看显微镜的时候会不会像他之前看小众文艺电影一般快乐。我学了会计，做了审计师，写了 5 本书，最终决定到好莱坞拍摄独立电影。在奥斯卡获奖者教授的电影赏析课上，我又一次看了《红》《白》《蓝》三部曲。我走了许多弯路，做过很多自己并不喜欢的工作，但大周给我的那些碟片却在冥冥之中指引着我一路走到这里。每到走投无路的时候，我都会想起那些窝在大周家阁楼看碟片的日子，以及他说日后要做导演时眼睛里的光芒。

我再也没有见过程老师，我给他送去了我写的书，他回短信说为我感到骄傲。他换了工作，去了别的地方，我想，他也有除了三尺讲台之外的梦想要追求吧。

我在后期制作室里通宵剪辑片子，未来的日子依然是"山长水远，路遥马亡"，但我很庆幸，至少这 10 年来，我明白了许多事理，虽然走了许多弯路，却越来越明白自己的内心，离我的梦想也近了不少。中学时代埋下的种子，总算慢慢开出了一朵朵花。

那年冬天

叶　离

叶　离　青年作家。作品常见于《小说绘》《文艺风象》《紫色年华》等，著有长篇小说《漫长告白》《凉风蓝海和你》等。

每当我对生活失去信心时，就会想想高三那年的冬天，然后总能鼓起勇气继续往前走。

我从小生活在南方的一座小城镇，初中毕业后我便离开小城镇，去距离家乡一小时车程的县城上高中。母亲放心不下，于是在我上高中期间，她在学校附近租了一间铺子卖杂货。店铺在大街的转角处，对面就是新建的菜市场，地理位置很好，但店铺面积实在小得可怜。长方形的房间，前半段货架上陈列着货物，中间用一面隔板挡住，留出一条窄窄的过道，后面就是我和母亲日常起居的"卧室"。"卧室"里的床是在墙壁上搭起的几块木板，旁边靠着一把扶梯，供我们爬上去，我和母亲晚上就睡在木板上。刚开始我总是久久不能入眠，感觉

木板随时会塌下去。

对母亲陪读这件事，我不是很赞同。如果不是担心伤了她的心，我早就开口抱怨了。但这样的生活终于还是在上高二的时候结束了，店铺的租约到期，母亲的身体又不好，只能回家养病。而我终于梦想成真地搬进了学校宿舍，成了名副其实的住校生。

住在杂货铺里的时候，我天天盼着能早日离开，像同学那样自由自在地生活。但真的到了这一天，住校生的生活却与我想象的大相径庭。小小的一间宿舍，摆了 4 张上下铺，挤着 8 个人。每个人的生活习惯不同，加上又都是男生，整个宿舍乌烟瘴气、满地狼藉。学校生活设施有限，宿舍里没有空调，卫生间自然也没有热水，洗衣服必须去走廊尽头的水槽。夏天还好，一到冬天，我简直生不如死。以前最期待的事情，不过是和同学下课后围在一起吃饭，眼下排了半小时队，手里端着看了都没胃口的饭菜，我着实有点怀念母亲陪在身边的时光。与同学之间的矛盾时有发生，尽管没什么大不了的事，但住在同一个屋檐下，想避开对方也没地方躲。

在这样漫长而混乱的寄宿生活中，我爱上了读书和写作。先是每天在破败的图书馆里追看当月的杂志和报纸，有了喜欢的作者，便出校门去书店买他们的作品。尽管当时的生活费不过两三百元，但省出几十块用来买书，好像也没有很艰难。学校所在的地方偏远，往往在杂志上看见新书预告，需要等上一两个月才能在书店买到。时间一长，书店的老板就记住了我，每次结账都会给我一点优惠。

写作是在此之后的事情。自小就喜爱作文课的我，沉迷写作好像也是很自然的事，只是我没想到自己会热爱到那种程度。平日里，我把想到的东西写在纸上，写在精致的笔记本、粗糙的草稿纸上，甚至是每天都会用到的课本上。模仿着心爱作者的文笔，写的都是一些搬不上台面的心情日记。好友偶然间翻阅，总会不留情面地奚落我。后来，我花了一大笔钱从书店买下了那年最新的新概念作文大赛作品集。那可能是我当时最珍惜的书了。我每天一篇地读，舍不得看完，边看边默默为自己鼓劲——明年我也参加。

我是在高二第二学期开始学习写小说的，时间、地点、人物，描写、修辞、形容，顺叙、倒叙、插叙……几乎将从课堂上学来的所有东西全用在这"不务正业"的事情上了。不久，我就利用所有的课余时间写了一篇小说，投给了常看的杂志。在等待回复的日子里，我的成绩直线下降，但我根本没有去关心，所有的心思都在收发室的信箱里。而我万万没想到，那封寄托了我所有热情和期盼的稿件，会因为我不小心写反了地址顺序被退了回来，最该死的是还落在了班主任手里。

我记得特别清楚，那是一个寻常的早晨，我们正在上早读课。班主任走到我的座位边，随手就把那封信丢在我面前，然后手指在桌面上敲了敲——这是他叫学生谈话的固定动作。我低着头，胆战心惊地来到走廊，余光里，班主任的脸阴云密布。

"我说你的成绩怎么掉得这么快！原来在做这个啊！"

"马上就上高三了，你知道自己在干什么吗？"

"你这是在毁自己的前程，你知道吗？"

班主任严厉地训斥，好像我做了一件罪不可赦的坏事。当时，我始终认定自己没错。我只是在追求自己的梦想，这有什么不对？听见我还在辩驳，班主任气得大手一挥，让我回去好好想想。但他肯定不知道，事后我什么都没去想，我的脑袋一片混乱。回到座位上，我

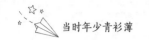

把那篇费尽心力写出的小说揉成一团，趴在桌上哭了。

关于写作的梦想，好像就是在此之后突然被按下了休止符。我没能参加次年的新概念作文大赛，而那本作品集也被我丢在角落里，覆满了灰尘。

残酷的高三如期而至，那时我的成绩已经恢复到了班级的上游。为了能安心地学习，我从学校宿舍搬了出来，在校外的民居租了一个小房间。

学生在校外租房不是什么新鲜事，住在学校周围的居民为了挣钱，特意把房子隔成一间一间的。我租的房间在校门右侧的巷子里。巷子很窄，到了夜里，路灯又少又暗，很是吓人。校外的不良少年拉帮结派蹲守在黑暗里，围堵独自夜行的学生。因此，每天下了晚自习，我会迅速离开学校，混在人潮中回到出租房里。一旦落单了，那条路我总是走得心惊肉跳。

有一天，老师拖堂，我离开学校的时候，下课已过去半小时，校门外早就没什么人，就连便利店也都忙着打烊了。我小心翼翼地往巷子里走，走到一半，隐约听见黑暗中传来女生的哭声，然后是男生威胁的声音。我的心顿时提了起来，稍微往前走，看见拐角的地面凌乱散落着几个人影。我也不知哪儿来的胆量，故意大声地说："老师，你不用送我了，前面就到了。"

这一招起效了，那几个男生瞬间一溜烟跑了。我快步上前，女生缩在角落里，感激地望着我。这时我才发现，她原来就住在我的隔壁。那天以后我们总是一起回家，无聊的时候就在楼顶偷喝啤酒。她告诉我，她在宿舍受欺负，是瞒着家人搬出来的。

她问我："你有什么要告诉我的吗？"

我想了想，说："我学习遇到了瓶颈，退步不少，老师们都不把我看在眼里。"

本来这事我没打算告诉别人的，但她的眼睛很真诚。上了高三我才意识到，老师其实也是有私心的。为了工作业绩也好，着眼大局也罢，到了最后的冲刺阶段，老师们不知不觉会把精力和心思投注在那些名列前茅的学生身上，指望着他们将来进入名牌高等学府为自己争光。于是那些学习成绩一般的学生，就被遗忘在看不见的角落里。可分明大家都还坐在同一间教室里，我还坐在那些成绩优秀的同学旁边，只因为排名上的距离，我就被老师们视而不见。不是没有争取过，但一次次不如意的成绩，使得老师望向你的目光里，已经没了任何期待。

"你想多了，你这么好，会遇见看重你的人的。"这是她对我说的话。不知道从哪天起，我再也没有在晚自习后等到她。回来才发现她的房间空了，询问房东，他也不知道她的去向。那时我才反应过来，我们还没向对方介绍过自己。

但她说得没错，高考前一个月，我遇见了在乎我的人，她是我的地理老师，是在我们班任教的唯一一位女老师。她温柔亲和，我从没见过她对任何学生发脾气。直到有一天晚上，她出现在我房间的门口。在昏暗的光线下，她微笑着向我打招呼，并把一箱牛奶递给我，说："这段时间，很辛苦吧？要注意休息，这牛奶拿去补补身体。"

我感动得说不出话来，伸手接过沉甸甸的牛奶。临走前，她特意对我说："你在校刊上写的文章我看了哦，写得很不错。这么有才华的话，不妨先试试学知识，可能你会觉得对未来没什么用，但这是我们年轻时必须做的事哦。"

　　当时我一头雾水，如今回忆起来，才知意义非凡。人生不能没有梦想，但年少时所学的东西不是无用的，它会在往后的漫长岁月中让你恍然大悟：幸好没有留下遗憾。

　　我仍不知晓那年地理老师是怎么找到我的住处的。时隔多年，我依然感激不已，很想再说一声"谢谢"。

"四大天王"不是王

苏念安

苏念安　1990 年生，青年作家，著有《让我最后哭一次》《刻下来的暗恋时光》《再见，已不是我要的年少》等书。

我很少去怀念少年时的生活。在我年少的时候，我唯一的梦想就是长大，快点长大——尽管那时候，我的同龄人都或多或少怀揣同样的梦想。但对他们而言，长大意味着摆脱家长的管教、摆脱学校的束缚，这种"成长"寄托着对自由和热情的向往，于我而言，却是出于自保。

对，是自保。我 11 岁就开始了寄宿生活，二十多个人挤在一间不足 20 平方米的宿舍里，上下铺，两个人一张床。很多年后的今天，我对那时的宿舍唯一的印象就是冷，尤其是在冬日里，一群乳臭未干的毛头小子在下了晚自习之后挤在狭小的宿舍里叽叽喳喳，宿舍的地板永远都像能养鱼的沼泽，湿乎乎的。谁的被子要是不小心掉在了地上，那晚上真的是要受冻了。

　　那时候我们要自己蒸米饭，在铝制的小饭盒里淘米，用水也能成为引发"战争"的导火索。每天中午，校园的水龙头旁都要上演一场"抢水大戏"，黑压压的少男少女齐刷刷地攻占为数不多的水龙头，一定要争个你死我活。可偏偏那时候我长得又矮又瘦，根本就挤不过高年级的学长们，只能目瞪口呆地见证一场又一场的厮打——几乎每一天，总有血气方刚的好斗少年为了抢水龙头而战，唯一让我感到幸运的是，"战事"并未殃及无辜。

　　不过，这并不代表我的少年求学路就是一帆风顺的，实际上恰恰相反，用"命运多舛"来形容一点都不为过。要知道，那时候的我，除了矮和瘦，还特别胆小、内向，时常在课堂上走神发呆。我的思维总能轻而易举地越过老师的课堂教学跋涉到千里之外。比如老师在讲解边塞诗歌的时候，我的脑子里总会晃出一场身临其境的边塞战事：大漠寒风，狼烟四起，战士浴血，国破家亡……场面堪称壮观。可是，现实却一点都壮观不起来。每当我走神走得兴致勃勃的时候，总会被老师点名站起来回答问题。我总是惶恐不已，支支吾吾半天也吐不出一个字来，而这，也成了他们嘲弄我的理由。

　　他们——就是"为虎作伥"的"四大天王"。这个头衔是他们自封的，他们仗着父母是学校教员，自己又是老师眼中的"天之骄子"，所以一定要摆出一副高人一等的架势来。头衔只不过是摆架势的开始，为了达到更直观的、高高在上的效果，他们做得最多的事情就是恃强凌弱，很不幸，我就是他们欺凌对象中的一员。

　　现在想来，那段日子简直就是我的噩梦，我随时都要提防他们对我的突然袭击，这简直比脑海中的"边塞战事"还要惨烈悲壮。猛烈的拳头总会在我毫无防备时击中我的后背，细碎的疼痛像蚂蚁一样钻进了我的身体，吞噬着我的心窝，疼得我直不起身来。

袭击我的"四大天王"却笑得前俯后仰，好像这世上总有那么一种人，能把自己短暂而微小的快感建立在别人的痛苦之上，对此，我却束手无策。且不说我瘦小单薄，单就我一个人，如何是他们四个人的对手——我又不能找老师告状，我不是没试过，一点用处都没有。既然惹不起，那我就躲着，远远地看见他们我就跑。我没有想到，他们却因此变本加厉。

于是，在那些悲惨又无助的日子里，我唯一的梦想就是长大，快点长大，变得强大起来，这样我才能保护自己，不再受人欺凌。我无数次做着这样的梦，也无数次被现实中的痛苦淋醒。面对惨淡的生活，有一段时间，我甚至产生了辍学的念头。

也就是在我产生辍学念头的时候，我的脚被烫伤了。

那是在炎热的夏日，同桌不小心把满满一杯开水泼在了我的脚后跟上，也就是那么一瞬间的工夫，我的脚后跟活生生地脱了一层皮。我疼得哇哇大叫，那种火烧一般的疼痛令我终生难忘，现在想起来依然心有余悸。不过，也正是因为这件事，我开始真正地走进了同学们的视野中。我永远都忘不了那些温暖的日子：女生们会轮流帮我打饭，我再也没抢过水龙头，再也没有看到一场又一场"战役"。

因为烫伤的缘故，我变得寸步难行，因此也成了男生们的重点保护对象：进出宿舍，出入卫生间，总会有高个儿男生背着我，"四大天王"再也没对我动过"武力"。世界开始变得安宁了，寂静的时候总能听见微风吹来，不动声色。

我熬过了夏天，慢慢好了起来，可是"四大天王"却没有。

准确来说，是"四大天王"中的一员没有。就在我烫伤的那段日

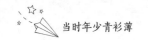

子里，"四大天王"中最白净也最凶狠的那个少年，被查出患了脑瘤，他叫王醒，我永远不会忘记他的名字。不过，他却再也没有醒过来，我目睹了他的凶狠残暴，也亲眼看见他慢慢变得虚弱。我的烫伤创面渐渐好了起来，但是他的病情一天天地恶化了，他开始请假，直至再也没有出现在教室里。尽管如此，我们还是狭路相逢了。

那已经是深秋的时候了。

我在放学回宿舍的路上碰见了他，他坐在轮椅上，被他父亲推着朝家里走。他变得异常憔悴，脸上是没有血色的苍白，整个人又瘦又干瘪，像极了一年前的我。不过，我永远都做不到凶残地袭击他，将沉重的拳头捶在他的后背上。

我永远都成不了那样野蛮和残暴的人。我知道，现在他也一样。

那应该是我见他的最后一面，我们之间没有问候，没有言语。他看了我一眼，目光浑浊。他很快地低下了头，我想，他应该也很难接受他今天的样子吧——变得比曾经欺辱的对象还要虚弱，确实不是一件多么光彩的事情。

日子过得快了起来。因为那场"劫难"，我收获了真正意义上的朋友。我不再胆怯，逐渐变得开朗起来，尽管我依然瘦小，可已经不再有人欺负我了。上课的时候我也不再走神，成绩慢慢赶了上来，只是我再也没有见过王醒。

那年冬天，学校发起为王醒捐款的活动，我把我身上仅有的20元钱放进了募捐箱——那是我一周的生活费。十几年前，生活还没有现在这么宽裕，为此，我就着咸菜啃了一周的馒头，寒冬腊月我冻得浑身发抖，可一点儿都没后悔过。

只是不知道当初的"四大天王"是否后悔过。

次年春天，迎春花刚刚绽放的时候，王醒离开了这个世界。

我没有去送行，"四大天王"中的另外三个人也没有去。总觉得少了一个人的"四大天王"像少了一只胳膊或者一条腿，也就此没落了，再也没人恃强凌弱了，没过多久，这个名号也没人再提起了。

蓝天白云，悠悠万里。

十几年后的今天，我终究是长大了，也懂得怎样妥善地保护自己了，可想起旧事，免不了暗自思量。那些被温暖过的日子，就像暖流一般从心中流淌而过，冲洗了所有的悲伤；而那些悲惨的日子，像风像雨也像梦，沉沉地睡在时光的甬道里，再也没有醒过来。

未曾寄出的情书

绿亦歌

绿亦歌　1992年出生，香港科技大学工学硕士，青年
作家、编剧。著有《岁月忽已暮》《也曾与全世界为敌》《爱
你时有风》等书。

岩井俊二有一部电影叫《情书》，在我们这一代文艺青年中的地
位，类似入党申请书。

藤井树和藤井树（编者注：影片中的同名的男女主角），一个关
于一见钟情和迟到许多年的暗恋的故事。

穿着白衬衫的少年站在图书馆的窗边看书，阳光明媚，白色的纱
帘轻轻飘起。那时候，柏原崇正处在"颜值"巅峰，被称为"20世
纪最后的美少年"，一转眼，竟已经是20年前的事了。

中山美穗在大雪中大喊"你好吗？我很好"的画面，是我多年来
心心念念要去日本看雪的最大动力。

著名旅游景点小樽似乎也是出自这里。

在我的少女时代，写情书还是一种非常非常重要的表白方式。发短消息总觉得不够真诚，而当面说又没有勇气。

我从很小的时候就开始写爱情故事，可认认真真写过的情书一共有两封。

第一封是在我上初中的时候。小学时有一年暑假，我被妈妈强行送去青城山学武术，结果，我偷偷喜欢上了我的大师兄。没什么特别的原因，也许是因为他长得帅，会拉小提琴，会武术，成绩好又很会打篮球，笑起来还有一对可爱的虎牙。

我常常和大师兄斗嘴，他骂我是猪，我回敬他是猪头，他嘲笑我又黑又矮，我说他是超级大猪头。他对别的人都很温柔，风度翩翩，唯独对我很恶劣，老是扯我的头发。

我的武术学得不错，师父说我很有悟性，却把我安排在平均年龄只有 8 岁的基础班。大师兄当然在火箭班，我很难过，躲在梧桐树下偷偷哭，被他撞见了，他请我吃了一块巧克力。

金帝巧克力，广告上说："只给最爱的人。"

那个夏天结束后，我们都回到城里的学校继续上学。他周末会在我家楼下的武馆学武，他一来，我就躲在窗户边偷看。砖红色的墙顶，连上面有多少片瓦我都数得一清二楚。

家里人见我总是趴在栏杆上，就问我要不要继续学武术，我差点把脖子摇断。

我那时候很自卑，见到喜欢的人总是不知道该如何是好，故意装出一副满不在乎的样子，想多看他一眼，又害怕被他发现。

何况我真的不想再混迹在一二年级的小屁孩中间，我手足无措的样子如果被他看到了，肯定会看不起我。

再后来，我们念了同一所初中，教室分别在走廊的头和尾。我有一次倒垃圾经过他的教室门前，看到他正在写作业，背挺得很直，穿着白色的校服，安安静静地坐着。我很想叫他的名字，想问他记不记得我，可是我太胆小了，转身就跑了。

垃圾撒了一整条走廊，我被劳动委员揍了个半死。

没多久我转学了，去了别的城市。离开时，我在学校门口等了很久，也没有遇上他。

那年冬天，我回到出生的小城里过年，学校已经放假了。那时候管得不严，随便什么人都可以进校园。我找到教学楼里他的年级所在的那一层，黑板上写着最后一周的值日表、学习进展，还有迟到被批评的学生的名字，他的名字在中间第二个。

我不知道是不是同名同姓，但还是很开心，傻乎乎地踮起脚，用手指来来回回地临摹，到最后，粉笔字都被我擦掉了。

那天回家的路上，我在文具店里买了一沓很漂亮的信纸，决定给他写一封信。

我人生中的第一封情书，工程量十分浩大，光是想怎么称呼他，就花了一整个晚上的时间。

在天快要亮起来的时候，我工工整整地在抬头写上："×××同学，你好。"

就这么七个字，我写满了一个废纸篓。最后觉得这样下去不行，好看的信纸快用完了。机智如我，先用铅笔打了一遍草稿，再用钢笔誊写一遍。

那是我人生中第一次熬夜。第二天要坐车离开，于是冬天的清晨，我裹着厚厚的棉袄，跑到邮局门口去寄信。

可到了邮局又觉得信筒不保险，怕邮递员漏掉，于是我就坐在邮局外面的阶梯上等。等啊等，一直等到 9 点邮局开门，我才郑重其事地将信双手交到柜台上。

工作人员给了我一个白眼，让我自个儿丢进邮筒里。

我早已不记得那封信里我究竟写了些什么，不外乎是"我喜欢你，希望能够看到你的笑容，希望你岁岁平安，每一天都开心愉快"之类矫情的话吧。

哦，忘记说了，我最终还是没有勇气在信里写上自己的名字，也没有留下地址，所以，我根本不知道，他是否收到了那封情书。

那天以后，我再也没有听说过他的任何消息，暗暗地记了他许多年，但他永远都不会知道。

第二封情书写于高二那年，我 17 岁。

我的审美发生了翻天覆地的变化，喜欢上班里考试成绩排名和我一样的男生，我是正数，他是倒数。

他坐在教室最后一排靠窗的位置，穿着堪称少女杀手的白衬衫，戴一副金丝眼镜，活生生一个"公子世无双"。

学生时代暗恋一个人无非就是那点花招，走过他身边的时候要故意大声说话，有事没事往他那里凑凑，天天研究星座，努力证明我们是百分之百的绝配。

暗恋这件事伤心伤肝，类似慢性自杀。我每天揣着小心脏，要在脑海里演 100 部剧。

一年后，我终于忍不住施展自己的大招，在春光明媚的天气里，写了一封情书。我有一个认识了好多年的朋友，她在广州读书，和我一样爱而不得，我们每天要发很多很多条短信，一起伤春悲秋、惺惺

相惜。

写完情书后，我打了一通长途电话给那个朋友，一个字一个字地将情书里的内容念给她听。这么矫情的事情，我这辈子是真的没胆量再做第二次。我的普通话讲得不好，幸亏她没有笑话我。

我一边打着电话，一边绕操场走啊走，也不知道走了多少圈，只记得那天阳光灿烂，像是珍珠聚集。

她在电话那头被感动得稀里哗啦，也不知道我和她到底谁比较傻。

我把情书藏在书包里，整日神不守舍、惴惴不安，想着再等一等，等到高中毕业，我就把信给他。只可惜没多久，我就得知他有喜欢的女生。还没表白就先失恋，我整个人都呆住了，痛彻心扉。

那是一个夏天的傍晚，同学们都去吃晚饭了，空荡荡的教室里，我趴在桌子上，拿出那封情书，鼻子一抽一抽的，我撕掉了它。

好友吃完饭回来，正好撞见这一幕，看到我苦兮兮的样子，被吓了一跳，问我怎么了。

"我再也不要喜欢他了。"我在心底第 1001 次发誓。

她帮我把碎了一地的纸屑捡起来，说："保护环境，人人有责。"

我度过了天崩地裂的一天。晚自习下课，好友把我从桌子上拉起来，一边翻着白眼，一边递给我一样东西。

那封被我撕碎的情书，她用透明胶一点一点地粘贴起来。薄薄的两页纸，变得很厚很厚。

整整 3 个小时的晚自习，她只做了这一件事。

我不知道，她晚上回到寝室要躲在被窝里偷偷打着手电筒多久，才能补回这 3 个小时。

我接过那两张奇怪的信纸，抱着她，哭得像一个傻子。她嫌弃地推开我，让我不要把她的校服弄脏了。

青春期的我，自卑、敏感，自尊心极强，虚荣心爆棚，会假惺惺地说"天啊，我周末根本没有复习"，但是仍然有人温柔对我，保护着我一个又一个的梦。

那封信被我小心翼翼地夹在高中日记本里，再也没有给任何人看过。

后来那个男生知道了这件事，试探着问我能不能把信给他。我睁着眼睛说瞎话，笑嘻嘻地告诉他已经找不到了。

现在想起来，17岁已经离我好远好远了。我甚至记不太清楚，那时候的自己是什么样子的，是用怎样的心情看待这个世界的。现在的我，大概也没有能长成那时候自己所期待的模样。

不久前的一个夜晚，我连夜赶路。大巴行驶在高速公路上，车里一片漆黑，零星的旅人都已经入睡，只有我一个人醒着，戴着耳机听歌，陈奕迅在唱："天气不似预期，但要走，总要飞。"

时间太晚了，也没有朋友陪我说说话。我看着司机头顶的时钟，数字慢慢地跳动，心中有一种感动，无限接近孤独，让我差点落泪。

皎洁的月光照耀着大地，从窗户向外望见远方的城市灯火通明，冬天的空气让人哆嗦，好似漫漫余生。没有人可以分享，也不值得向人喋喋不休。

在那一刻，我忽然意识到，我的少女时代结束了。

我甚至说不出它到底是在哪一刻结束的。

可是无论是否舍得，我们都要对过去说一声"再见"，都要去往人生的下一个阶段了。

别人的青春

林深之

> 林深之　本名李璐，山西吕梁人，《南方周末》特约影评专栏作者，作品常见于《南方周末》《南方教育时报》《女报》《爱格》等报刊。著有《女孩，你要好好爱自己》《亲爱的小孩，今天有没有哭》等书。

我的青春，跟别人的有些不一样。

记得在6岁时，我特别爱掏蚂蚁窝。那年，春天好像来得很早，蚂蚁纷纷出窝，寻找食物和嫩叶，我用小指头掏蚂蚁窝，愤怒的小蚂蚁爬到我的手背上撕咬，我被咬得"哇哇"大哭，一怒之下把蚂蚁洞用泥塞住。后来我又爱上了爬高坡，我以为自己是爬坡小能手，事后才发现自己是摔跤大王。那一天的风很热，我失足从坡上摔落，匆匆结束了自己的童年。

这场意外突如其来，又好像命中注定。少不更事的我，偏执地认为这是自己挖蚂蚁窝的报应，于是，在后来很长很长的时间里，我都没有再招惹蚂蚁。

可是，我的生命也并没有因此而远离那场意外带来的后果，此后我的青春，我的人生，都得在轮椅上度过。

所以，我的 16 岁，也跟别人的有些不一样。

关于同学之间的友谊，关于课本上的事，关于溽热的暑假和难熬的寒假，所有上学的烦恼与乐趣，16 岁的我好像统统都没有。所以，听到小伙伴们议论时，我本能地觉得，那都是别人的青春，与我无关；可是又觉得青春哪会分什么你我，青春本来就是任何一个独立的人都会有的，只是其中有个别差异而已。

即使青春跟别人不一样，但我还是有些值得一说的事，比如，我从那时开始爱上阅读和写作。

那个时期我是一个"十万个为什么宝宝"，常常把教我读书识字的老妈问得发毛。有几次差点被揪下耳朵，被揪之后我边揉耳朵边翻白眼，委屈得说不出话。我想知道的东西那么多，身为普通家庭妇女的老妈，除了照顾全家人的起居外，还得面对我这个磨人的小女儿，实在被折腾得够呛。于是，我学会了自己找答案。

时间再拉长一些，我开始读一些简单的读物，比如童话故事，比如《少年文艺》之类的杂志，少女的心事也渐渐发芽，那时候心中没有同龄人面临课业的压力，没有对考试的焦虑，也没有情窦初开时的惆怅和绵密的心思。相反，有的是大片大片的空白和慌张，那种至深的慌张与无力，就像发现了自己是一窝鸡蛋中的鹅蛋，自己的不同是那样显而易见。

一个失去行走能力的孩子，到了青春期都无法上学，那种心情，就好像被判处了无期徒刑一样。

于是，我常常想，我的人生就这样完了吗？

我在青春的路上，跟别人有了分岔口。也是从那时开始，我不再乱抱怨，也不再发脾气，我变得越来越沉默。那时我会写点儿东西，杂乱的、简单的、不规则的。我也是直到很久以后才知道，别人称赞我身上散发出的清丽气质，是我不知不觉累积起的阅读体验所带来的。而我那时大概唯一可以骄傲的，就是自己是同龄人里第一个拥有电脑的人。

那时有一个小名叫大胖妞的邻居会时不时来找我，她总是摇头晃脑地说："璐璐，我可不可以用你的电脑查一下我们班级群里的作业安排呢？"

每次当我从电脑前转过头，她无一例外地会看见我正打开的文档。她总是惊奇我用电脑来做这么闷的事，并一再可惜地摇头叹气，好像我是没救了的木头。然后坐在我的电脑前，开始玩空间游戏。

那时，我跟这个伙伴，就像处于两个平行空间的不同生物，她向我借电脑跟同学聊天，我埋头读书；她玩游戏跟别人比等级，我敲下一段段文字。我们互不干涉，又互相陪伴。

在我看来，她就是"别人的青春"该有的样子：有课业的烦恼，也有奔跑的欢乐；有迷茫和焦虑，也有可预见的未来；有讨厌的女同学，也有爱慕的男同学。

这正常人生的一切，我却在某个瞬间，羡慕得要死。

我抱着书坐在门口，阳光透过屋檐洒在面前的院落里，花坛里的花儿亮丽又好看。我喝下一大碗中药，心里苦得说不出话。那时我看到一个喜欢的作家说："我一直以为人是慢慢变老的，其实不是，人是在一瞬间变老的。"

我也一直以为人是慢慢长大的，但原来不是，人是在一瞬间长大的。

大胖妞进入高三之后，就很少来我家了。那年夏天，我们坐在院子里用凤仙花染了指甲，感受着指尖传来的刺痛感。夜风凉爽，树叶轻响，蝉声悠悠，她说："你今天没写东西吗？"

我摇摇头："想不出来要写什么。"

大胖妞笑了，露出自己的两个小酒窝，说："其实有时候我挺羡慕你的，你那么聪明……啊啊，不应该说聪明，我明明知道你有多努力。我是说……你不用背负那么多期待和压力，可以自由自在地活在自己的世界里，而我还没想明白自己想要什么样子的人生，就要去读大学了，真是不甘心啊。"

我目瞪口呆，摊了摊双手，不得不老实地说："其实我也很羡慕你，拥有一个正常的人生，可以畅快地奔跑、旅行和上大学。"

我们两个无奈地笑笑，却又渐渐沉默。夏夜里的星星探头探脑，四周静得只能听见风声。那么年轻的我们，生命还没有多么丰富，就急着下定义。原来我们竟傻傻以为，对方的人生才是最有意思的。

后来大胖妞进入高考冲刺阶段，整个人瘦了好几圈，也不常来跟我借电脑用了，我们便渐渐疏远了。再后来，听说她去了外地读书，选了自己不喜欢的专业，却爱上了播音，加入了播音社团。而我则熬着夜，下着狠心，让自己不荒废时光，将所有的时间都填得满满当当。我热爱阅读，也开始动手写点故事，后来我投稿又被退稿，时间一点一点地流逝，再后来我越写越顺，文章登上了自己喜欢的杂志，兑换成了稿费，家里的书柜渐渐堆满了样刊。

多年后，我出了书。奇特的是，我的书中竟有一半都是校园故

事。经过时间的沉淀和磨炼，我才慢慢发现，当初那个羡慕"别人的青春"的我，其实偏执而自卑，是大胖妞的话点醒了我。于是，我开始相信，不管是青春还是整个人生，其实每个人都有自己的怅然和苦恼，这么简单的道理，我却用了很长时间才明白。而这时我喜欢的作家说："有了残缺才能称作完美。"

不管是真是假，我相信了。

现在大胖妞早已毕业、工作，业余也会做一做客串主播，而我也要出新书了。我们依然是两个世界的人，她烦她的报告单，我忙我的新书，但我们是最好的对比。

那时我以为自己的人生就此完蛋了，然而事实是，非但没有完蛋，反而用另一种方式过得很充实。

而大胖妞觉得青春过得很不甘心，但她往后的人生也没有因此不如意。

我也不敢说自己不遗憾，但至少我已经不再纠结改变不了的事实，而这一切却又不是"认命"那么简单。因为，生命之路太多，通过自己的努力去实现，终于做着喜欢的事，其实也一样。

失去了双腿，也得用双手去走人生的每段路，我们的生命，哪能有机会把各种青春都去体验一下呢？总要去借一些现成的故事，给自己提个醒。

我们的青春无论好与坏，都是独有的，这样就好了。

若时光赐予我欢喜，皆是因为你

韦 娜

韦　娜　青年作家，著有《世界不曾亏欠每一个努力的人》《不认命，就拼命》等书。

毕业多年，每次回家，车总是先路过我的高中母校，再缓缓开到我家。从母校到家的这段路上，我每每都会泪流满面。这条路上承载了我太多回忆，一路涟漪，在我内心回荡，它在告诉我，小镇的姑娘，不管你在外面多么风光，不管你走了多远的路，你还是属于这里……

我从初中就开始学画画了，在一些人的理解中，学画画的那群人就是成绩差或比较笨的学生。当我因此而沮丧时，爸爸会说："每个人走的路都不一样，说不定他们都没有你走得远呢。"

从初中到高中，我的假期生活全部交给了绘画，周末也不例外。爸爸希望我能考上很好的大学，周末从不让我回家，他会来看我。有时，他会提一袋水果；有时，他会买来一些营养品。我清楚地记得当

时有一种营养品自称是"补脑神品"，爸爸每次都会给我带一盒，遗憾的是，喝了那么多年，我依然没有变得聪明。

高二时，我和很多美术生一样，背着画板去济南学画画。我坐在车上，看着爸爸离去的背影，突然泪流满面。恰好，那时他也回头看我。突然，他掉转车头，开到我乘坐的那辆车的窗前，又悄悄地递给我一些钱，然后什么话都没有说，骑着摩托车走了。

车就拉着懵懂的我来到了济南。在我记忆中，济南的天空是灰蒙蒙的，我们整天坐在废弃的工厂里画画，画雕塑、速写、水彩画，日子枯燥而重复，像是坐上了一列没有终点的地铁。窗外的世界是黑暗的，我们借着灯光不停地画，画完以后就讨论外面的世界究竟发生了什么，我真的不知道，慢慢地似乎也不再好奇了。

我一直认为自己并不是很聪明的学生，因为我画起画来格外吃力。直到有一天，我觉得非常绝望，似乎画下去没有什么希望了，于是，我跟着班里的一个同学逃课了。我们跑到济南最繁华的地方去逛街，直到晚上才回学校，被老师逮个正着。他罚我们站在画室的外面。那天晚上，月光如水，冰凉而美丽，我仰起头，尽量不让眼泪落下来。我清晰地记得老师的训话，大致的意思是，珍惜青春时光，珍惜能一心一意画画的好时光。我们都是从穷地方来的孩子，跟城市的孩子比不了，所以只能比他们更勤奋。

我知道自己错了，却不愿低头承认错误，或许读书时的我太倔强了。不过，我有自己道歉的方式。

第二天，我比其他同学来得都要早许多，而且这种状态一直保持到了那个学期结束，我的画终于达到了 90 分以上。老师对我说："假如家庭条件允许的话，你可以试着去中央美术学院学绘画啊，好好珍惜你的天赋。"

这或许只是一句鼓励的话，我却当真了。

我低下了头，其实家里的经济条件并不宽裕，但回到家里，我依然把这件事告诉了爸爸。爸爸爽快地回答："那就去北京吧，哪怕是去外面的世界看看也好啊！"

那个冬天，爸爸凑集了所有的钱，但依然不够交学费。于是，他跑到邻居家，低着头红着脸去借钱，说要送我去北京学画画。

所以，高三的上学期和寒假，我都是在中央美术学院度过的，白天画画，晚上看书，每天重复，虽然很辛苦，却过得充实。我当时最羡慕的，就是肯德基的落地窗边坐着吃炸鸡的幸福的一家人。我觉得北京真的很冷、很大，全国各地来学画画的同学都很洋气，我一个人缩在宿舍里，很少与他们交流，把全部的时间都用来画画、看书、写信。

我那时为什么要远离身边学画画的同学，大概是因为自卑吧。他们说着标准的普通话，穿着漂亮的衣服，与他们相比，我总觉得青春好像并不属于自己，贫穷及其带来的自卑感让我勤奋好学，却沉默而自卑。孤独的时候，我会写信，一直写，写给我的父母，写给我自己，写给我中央美术学院的梦。

记得那年的圣诞节下雪了，我去画室画画，看到同学们戴着圣诞帽，整个画室乱极了，他们还特意买了圣诞树，拿着彩灯乱跑，这场景吓着了从不过圣诞节的我。然后，我又看到自己的画板被他们踩在脚下，他们放肆的笑声，好像是嘲笑我这个从小镇里走出来的女孩。我感觉受到了侮辱，背起画板跑到操场上，一直奔跑，不小心跌倒，我坐在地上大哭起来。

　　我给爸爸打电话，一直强调，我不想在北京继续学画画了，想回家。这边的人太夸张了，过个节日，把我的画板、画架全砸了。

　　第二天，他就出现在了中央美术学院。我清晰地记得，我的一个远亲开着一辆破旧的白色面包车，我跑到学校门口，看到我的爸爸从车里走下来，在我心中形象一直高大的爸爸，在陌生的城市看起来那么拘谨不安。他从包里拿出一些水果，让我在这里继续画画，不要胡思乱想。

　　他没有问我为什么哭，发生了什么事情，我也没有告诉他发生了什么。他带着我来到了肯德基的门口，我却又拼命地拉着他离开了。那时的我还不能成为坐在落地窗边安心吃肯德基的女孩，我暗暗告诉自己，等我考上了中央美术学院，再去品尝。

　　我一直对爸爸说："北京真的好大啊！"爸爸却说："等有一天你长大了，强大了，就不会这么觉得了。你好好画画，考上这所学校，就留在这里工作，以后我们一起在这里生活，也挺好的。"

　　这些话被我记在了心里，它似乎成了我的人生目标，即使后来我并没有考上中央美术学院，我依然记得他的这些话，这些话也成了我的心愿。包括我后来虽然获得了西南交通大学保研的机会，我却没有去读，毕业后就来到北京边工作边继续考研，我想也是因为这句话的鼓励吧！

　　待爸爸离开后，我飞快地回到了画室，把画板、画架、颜料、笔都收拾好，收拾好自己的一切后，我又帮一个老师去收拾其他同学的东西。老师突然很感激地看着我，他说那么多学生里，他觉得我最懂事。从此，他教我时也格外用心。

　　接下来的日子，我总是戴着耳机，一个人画画。当我劳累时，我就跑到外面的阳台上看风景，一排高大的树，吹着温柔的风，温暖了我青春的记忆。有时，我也会一个人奔跑在中央美术学院的操场上，想象自己成了这个学校的学生，享受着美好的大学生活。跑累了，我就会停下来，躺在操场上，看着天空，时常泪流满面。

是啊，我的高中生活，时常让我很伤感，最初是自卑，然后是无力感，后来感伤成了一种习惯。我静静地享受着这种骨子里的悲伤，安慰自己说："这是艺术赐予我的勋章。"

后来，我并没有考上中央美术学院，虽然我一直认为自己是属于那里的。但爸爸拿着我的录取通知书，依然兴奋得好几天无法入眠，甚至泪流满面。在我记忆里他没有哭过，这是第一次，不过，这是幸福的眼泪。

如今，我毕业9年了，也在北京工作了9年。我说要带他一起在这里生活，他却不愿意。每次我回家，他都开着车来接我，他还像过去那样，一点儿没有老去的痕迹。他对我说，虽然他已经60多岁了，但仿佛觉得自己越活越年轻了，我可以继续依靠他。

如今的我，时刻依靠着他，也时刻依靠着自己。北京依然很大，我在这座城市穿梭自如，虽然是个"路痴"，却从不会迷路。

但在这个城市，我还是会时常泪流满面。骨子里的忧伤是改变不了了。这是我的中学时代留给我的不安，也是成长赐予我的敏感。

越来越明亮的你

三 三

三 三 1991 年出生，毕业于华东政法大学。青年作家、律师，作品发表于《ONE·一个》《萌芽》《上海文学》《花城》等，著有短篇小说集《离魂记》。

1

"有些人的眼睛像橘子一样冷漠无情，有些人的眼睛像一口可以吞没你的深井。"

那个时代，我站在信息链的最底部，还没读到过爱默生的这句诗，不知道眼睛是如此绝妙而神秘的东西。我所知道的，只是夹杂在课间的眼保健操令人厌烦，每天上午和下午各做一次，犹如定期吃药。广播里那个尖锐的声音响起："眼保健操，开始——"那音质极像 20 世纪 70 年代的宣传广播，带着刻意的鼓舞与热情，当时叛逆的我对此尤其感到厌烦。

关于眼保健操，学校里有很严格的监督制度。以一星期为期限，每个班级轮流执勤，轮到的班级需要选出二十几个人，在眼保健操开始前，必须分别站在每个班级门口，手里拿着小本子，每抓到一个不做眼保健操的人，就要给这个班级扣0.2分（满分10分）。这些分数都会清楚地记录下来，到学期末评选优秀集体时，作为重要的参考依据。

我从来不愿意做眼保健操，甚至连装模作样摆个姿势也不愿意，如此算下来，因为我的缘故，我们班一周至少要扣掉2分。班主任找我谈过这个问题，令她气恼的并不是我不做眼保健操这件事，而是我桀骜不驯的态度——"凭什么你就不做，凭什么你就要和别人不一样？"学校是个制度森严的地方，遵守规则是每个学生的义务，否则就应当受到某种批评。我是在很多年以后才明白，这种强制性的一视同仁其实是学校对弱者保护的体现。不过，即便老师找我谈话之后，我也没有改掉不做眼保健操的坏习惯。当时究竟是什么样的心态，现在我已经记不清了，也许是青春期那没来由的固执，偏要那样做。所幸这本身不是什么大事，班主任也不是特别在意班级的分数，在讲了几次后，见我屡教不改，她便不再管我，于是不做眼保健操成了我被默认的特权。

一套眼保健操5分钟，我每天比其他同学多出10分钟的时间。我坐在第一排，偶尔难免与执勤人员四目相对，我若无其事地做自己的事。有时我会写家庭作业，在短短5分钟内做上一道几何大题；有时我困得不可开交，便趴在桌子上小憩片刻；有的时候，我只是怔怔地坐着，脑子像一个尚未入驻店铺的空旷商场，什么都不用想。

也有的时候，我会利用这短暂的时刻看一会儿书。我高中的时候

看书非常"凶猛"，尤其是前两年，平均两三天能看完一本书，种类也比较广泛。除了小说之外，还有艺术类和军事历史类的丛书。记得我看过最长的一本书是讲"二战"的，从马其诺防线的崩溃到日本签署无条件投降书，一气呵成，我沉湎其中如一场做不尽的白日梦。上课的时候，为了避免惹麻烦，我只能把书塞在桌兜里看，久而久之，脖子便感到酸疼，而眼保健操时我则可以光明正大地翻书。

美妙的并非是我比别人拥有更宽裕的时间，也不是我真的利用这每天10分钟的时间做了什么大事，而是那种享受自由的感觉。现在我才明白，拒绝做眼保健操，是一种在安全机制下运转着的有限叛逆，它既不需要我承担太严重的后果，又能满足青春期女孩的叛逆以及对不从众的追求，这很有意思。

2

学习节奏突变是在高二下学期，那段时间恰逢文理科分班，令我焦头烂额的一个问题是，高考加试要选择文科还是理科。两种选择各有利弊，我的数学很好，假如选择内容更简单的文科，相对来说会失去一些数学上的优势；但我的物理、化学又很差，如果选择理科，加试科目需要加倍努力才行。

那是夹杂在第二、三节课缝隙间的眼保健操时间，第三节课是语文课，语文老师很早就进了教室。当时周围的人都在做眼保健操，无所事事的我就随口问了问语文老师关于选科的事。广播里的音乐声很吵，语文老师蹲在我的课桌前。我喋喋不休地陈述了一堆，尽可能把一切利弊陈述清楚，但语文老师只问了我一个问题："你喜欢哪一科？"

我喜欢物理，这是我比较明确的事。历史更侧重于信息的收集与记忆，固然可能让我获悉许多知识，但物理研究的是方法，能弄明白事物之间本质性的关联。尽管当时我的理解比较肤浅，可我的兴趣倾向其实很明确，只是选择物理的风险更大。我告诉语文老师："我喜欢物理，但是我的物理学得不好，现在开始努力学，好像也已经来不及了。"

　　那是对我而言非常重要的一位老师，她讲课很灵巧，会在课程中融入自己的生命体验，我常从她的课程中感受到某种包容一切的魅力，这对我日后的写作基调也有很大影响。在那个积雨云尚未退散的下午，天空聚合起一副昏昧的表情，气温还没缓和过来，微微透着冷。年久失修的广播嗡嗡作响，播放着眼保健操的背景音乐，躲在广播深处的女人念念有词。好多年来，她每天定时给我们念眼保健操的节拍，从来没有缺席，亦不曾改变，她像是在时光中凝结的一块化石。在那个场景下，语文老师告诉我："如果一个人真的想做一件事，那么永远都不会迟。"

　　音乐结束，当所有的人重新睁开眼睛时，我已经决定，我要选择理科。后来，我也时常想起语文老师的这句话，我隐约感到其中有太多的意味，需要我在漫长的岁月中反复体会。归根结底，那是对于人生中局限的真正的叛逆，是一种雄心勃勃的生命力量。

　　在其他人做眼保健操时，我常做的还有另外一件事：偷看我喜欢的男孩。他坐在离我不远的地方，一转头就可以看见。青春像一层模糊的滤镜，使那些情感变得朦朦胧胧，流溢着暧昧不清的美感。眼保健操时间是个很安全的时机，我很幸运地把握住了，在他闭着眼睛，在大家一无所知的时候，偷偷地看他一眼。他总是那样认真，每一节

眼保健操都全力以赴地做，并且会等到音乐彻底结束才睁眼。除了眼保健操之外，他做其他的事也很认真，这也许是我当初喜欢他的重要原因之一。他那种认真的态度令我感到迷惑，我也是多年后才意识到，这股认真大概多少意味着承担责任的勇气与信义，而这是我真正痴迷的地方。至于眼保健操期间的那一次次偷看，如同一个个点，勾勒出那种单向感情的心路历程。

3

毕业以后，我一个人去了那个男孩的老家。我爬了当地的一座名山，山上有香烟缭绕的庙宇，烧香拜佛的人们不断地在庙门内外穿行。回到市区之后，我又走访了各种细碎的小路。我一边走，一边猜测着他偶尔回到这座城市，像一个陌生人一般行走在这样葱郁的行道树下时，会想些什么。

入夜之后，电车把我带到那座城市最繁华的街道，小城还未兴起浓烈的商业氛围，渲染夜色仍在使用层层叠叠的霓虹灯，彩色灯光此起彼伏，像半空中有一个孤独的巨人在不停地眨眼。我坐在一个商场门前的台阶上，面前摆着一个鲜红的消防栓，周围的人来来往往，没什么人注意到我。我想起所有过往的时光，想起他交作业、打篮球、做眼保健操的样子，蓦地被一种悲怆俘获。那时候，由于他在外地念大学，我们已中断了联系，可真正意识到那种失去，却是在那个影影绰绰的夜里。

我回想起过去偷看他的那段时光，明白了他所打动我的另一个地方，是他的认真中所透露出的那种虔诚，仿佛他深信不疑，假如我们认真做眼保健操，一定会对眼睛有益，他便是如此执着地投身于眼保健操事业之中。

　　唯有在那一瞬间，我为自己没有认真做眼保健操而后悔。我开始设想，如果当初我也认真做眼保健操，我的眼睛会不会变好，在一片迷离的黑夜之中，我是不是能看见一个越来越明亮的世界呢？然而，后悔也是稍纵即逝的，无论如何，我已绕出了自己心中的环形山脉。那些过往的时光，是我在人生中偶尔回头时会看见的闪闪发光的星空。

少女不自知

闫晓雨

闫晓雨　"90后"青年作家，作品常见于《中国周刊》《意林》《哲思》等杂志，著有文集《你可以活成自己喜欢的模样》。

回想起来，我好像是高中毕业后才开始穿连衣裙的。

我们高中管理严格，一周上六天课，每日都会有安排好的"游击小组"在校园的各个角落扫荡，检查同学们的衣着打扮。学校规定，学生不许染发、烫发、佩戴饰品，必须穿校服。校服分两套，夏季是湖蓝色加纯白色的运动服，冬天是蓝色的整套运动装——特别耐脏，沾到油渍、灰尘也看不清楚，我最喜欢这身校服。

我的体重就是在那时"噌噌"长起来的。进入高三，打着学习费体力的旗号，我每天早上都理所当然地买两份早点，除了学校食堂的手抓饼配豆浆、五块钱一笼的素包子，学校门口摊好的煎饼外加一根火腿肠、晨光烧饼的红糖脆饼、赵毅肉夹馍，都是我和同学们每天常吃的早点。到了高三这个特殊的阶段，女生的饭量和男生的饭量是差不多的。小武就因此老嘲笑我："比男生都能吃，还算不算个女生？"

"女生也要学习、要长身体、要走向社会啊！"我心里愤愤不平，"这个世界从来不会因为性别不同而对女生更宽容，把肚子填饱一点，才更有精神备战高考啊！"

宽大的校服下面是蠢蠢欲动的肥肉，它们交头接耳地迅速攒到一起，宛若一头头蓄谋已久的小怪兽，感应到求生的信号，集结成队，埋伏在此。

美，在我们的少女时代，是一道被忽视的应用题。它更像是数学试卷最后一道加分的大题，其难度系数要大于寻常题目，普通人不会答，索性早早选择放弃。终日埋头于题海中的女生对美没有概念，电视剧里那些穿着纯色连衣裙、别着樱桃发夹的女生在教室里打闹的场景，几乎不会在我们的青春岁月里出现。

不允许打扮，追求美和浪漫也会被老师和家长认为是变坏的标志，因此，绝大多数女同学自然也就放弃了"美"这一道难题。

当然，也不是没有例外。

我们年级有个女生叫闫晓娜，和我的名字只有一字之差。经常会有同学问我，闫晓娜和我是不是亲姐妹，久而久之，我就不知不觉地开始关注她。我在7班，她在11班，都是文科班。不同的是，根据我们学校按成绩分班的制度，同一年级的班级被分为尖子班、重点班和普通班，我们这些"性别模糊"的女生都出自尖子班，而闫晓娜所在的普通班氛围相对轻松些。

我对她的羡慕，始于一件连衣裙。

高中三年，几乎没有同学敢在学校里正大光明地穿连衣裙，即使

穿便装也是偶尔才会有的。同学们常穿的便装多半是牛仔裤和 T 恤，即便被逮到，一般也只是被批评为"着装不佳"，并不会受到严厉的惩罚。夸张一点儿的便装，也就是破洞的牛仔裤，在裤子的大腿、膝盖处外翻着毛线头，隐隐约约地露出健美的肌肤。当时，男款和女款的牛仔裤看起来没有太大分别，基本都属于"嘻哈风"，不似如今流行的小脚牛仔裤，能够将少女漂亮、笔直的腿形修饰得恰到好处。

但闫晓娜穿到学校的，竟是露着光滑皮肤的吊带连衣裙，在裙脚处，挽着一个垂落的蝴蝶结。一天下午，在 4:20 分的课外活动时，她穿着吊带连衣裙从主教学楼前经过，引起了阵阵骚动。和我要好的女同学便招呼我去阳台："快看，那个和你名字差不多的姑娘竟然穿了一条吊带连衣裙！"我心里有点惊讶，按捺不住好奇心，便跟着大家走出了教室，去阳台上观望。我看到闫晓娜身上那件连衣裙的时候感到惊诧：她穿的竟然是几天前我在步行街上看中的那条灰色的吊带连衣裙！它的颜色虽然不明快，但其在细节处埋伏的小心机最能撩动少女的心思，两根吊带很能衬托锁骨，就是有点暴露，我拿着它思虑了好久，最终还是把它放回了原处。

想不到，闫晓娜居然把它穿到了学校，大大方方地在校园里走着，不惧任何目光。

她身材苗条，走起路来轻盈、雀跃，肩颈处露着小麦色的肌肤，走路时，高高的马尾辫甩起来尽是细碎的光影。她走着走着似乎感觉到了楼上注视她的密集的目光，便扬起头朝楼上围观她的同学们笑了笑。毫不夸张地说，那一刻真让人有一种"回眸一笑百媚生"的感觉。

我心里难受得很，就好像是看着自己喜欢的东西落入了他人之手，心里除了不甘、委屈，还有几分对自己的痛恨——为什么我就不敢想、不敢买、不敢穿呢？捏了捏肚子上的肉，我又很快释怀——像我这种虎背熊腰的身材，即便穿上那条连衣裙也只能是"东施效颦"，还是校服对我忠诚，捍卫着我这个"吃货"女孩的尊严。

因此，我就再也没有对闫晓娜的连衣裙耿耿于怀。我那颗青春期躁动不安的心，随着模拟考试的来临很快被抚平，我还是照旧每天买两份早点，还是喜欢在课间争分夺秒地跑到小卖部去买零食，还是像个假小子一样整日被男同桌嫌弃……

压力大的时候，我整张脸的三分之二都冒出了痘痘，额头处的痘痘还能被刘海遮着，鼻翼旁的却如平原处的小山丘，起起伏伏，惹人侧目。老妈发现后试图带我去看皮肤科，我照了照镜子，倒觉得没什么大不了的。高三那一年，班里的男生都经常胡子拉碴，女生都经常顶着一头油腻的头发，大家谁也不会嘲笑谁。回想起来，那段对外貌没有一点儿概念的时光，才是中国大多数青少年所经历的青春期——不够美丽，但足够美好。

那是我们最好的时代，也是最丑的时代。

没有韩剧的绯色浪漫，没有美剧的大胆新潮，我们在规规矩矩中磕磕绊绊地长大，怀揣着一点点狡黠的邋遢，逐渐走向精致的成人世界。

长大，是我们和时间互相适应的过程。

很多年后，我的衣柜里挂满了各式各样的连衣裙，但在我心中，那条灰色的连衣裙仍然是最美的。只是我不再羡慕闫晓娜，也不再想要那条灰色的连衣裙，因为经过了"少女不自知"的阶段，如今我已经意识到，那条灰色的连衣裙并不适合自己，无论过去的我，还是如今的我。

吃映山红的少年

陈若鱼

陈若鱼　1990 年出生，自由撰稿人，作品多见于《女报时尚》《美文》《意林》《青年文摘》《萌芽》等。

我的老家在一个灰头土脸的小镇。因为常年采石矿，到处尘土飞扬，随处可见高大的烟囱，路边的树叶永远落满了灰尘。记忆里的山一座座被夷为平地，来来往往的大货车每天轰隆而过。正因为如此，我们镇还算富裕，只要家里有一辆大货车，就等于吃穿不愁。

我的同学里，初中毕业就辍学回家子承父业的男生不在少数，比如赵波。我跟他打小就是邻居，算得上是青梅竹马，我们一起上的幼儿园，又一起从小学到初中。说起我们的初中，不得不提到那所破旧不堪的学校，学生没有校服，周一不升国旗，一年还要做很多次的勤工俭学。3 月的时候老师带领学生们拿着钉耙去山上翻石头、抓蜈蚣，4 月的时候去茶山采茶，5 月挖蒲公英，9 月采野菊花，每个人都有规定的数额，如果达不到就补差价给老师。

大多数时候，所有人都达不到标准，统统交钱，还有人干脆直接交钱不用外出劳动，跑去网吧打一天游戏。

赵波就是交钱后泡网吧的男生之一，反正他爸有一辆大货车，出门一趟就可以赚几千块。我们家虽然也有一辆货车，但是在我升入初中后不久，父亲就把它卖了，原因是家中没有男孩，将来没有人继承，趁早卖了留钱养老。

而赵波刚升初中的时候，我们两家人一起吃饭，他父亲在饭桌上就说了，等赵波初中毕业之后就不打算让他再读书了，只要认识字能考驾照就行，然后接他的班，趁这几年石矿生意稳定还能多赚点钱。

我悄悄看了一眼赵波，他把头埋进碗里没有说话。我忽然想起，我们一起去初中报到那天，秋高气爽，万里无云，我们骑着自行车从菜市场后面抄近道去学校时，他说要跟我一起参加中考、高考，一起去外地上大学。

他说那些话时，眼里发着光，一副神采飞扬的样子。

从小到大，赵波的学习成绩一直比我好，我每次还要用小布丁巴结他给我作业抄，常让他帮我补习数学。初二那年我迷上了写小说，他永远是我的第一个读者，有时候夸我写得好，有时候也批评我滥用成语，甚至有一次还偷偷帮我把写的小说寄给杂志社，我们忐忑等了几个月后终于放弃。如果他不能继续读书，对我来说，真的是一件很遗憾也很难过的事。

在小镇不远的地方有座山，叫作喜山。每年一到春天，赵波就带我去山上找映山红吃，这是我每年春天最爱的活动。我们一路爬到山顶，看着被信号塔和山峦裁剪的碧空，俯瞰整个小镇。

起风的时候，我们能嗅到风里隐隐约约的兰花香。赵波总能循着

香味找到兰花，鹅黄色的一串小花，凑到鼻子前才发现香气逼人，简直要把人熏晕过去。我忽然就深刻理解了什么叫"可远观而不可亵玩"。

初三那年春天，好不容易补完课，赵波又跟我溜到喜山，我们吃了一肚子的映山红。下山的路上，他突然跟我说，他不准备参加中考了。

我看着他泛红的眼睛，没有问为什么，我知道这一定是他父亲下的命令。赵波是家里最大的孩子，底下还有一个妹妹和小他10岁的弟弟，而他父亲年纪越来越大，货车司机又是高危行业。我知道，他一定也权衡过很久，最后才连争取都不争取就选择了牺牲自己的前程。

中考之前辍学的人不在少数，我清楚地记得，初一入学那天我们班上有73人，中考前只剩下39人，几乎有一半的人，不是辍学回家子承父业，就是出门打工了。

而我第一次庆幸自己是个女孩，尽管姥姥一直说女孩子读书没用，但父亲说女孩多读点书也好，将来能嫁个好人家，我也因此获得了继续读书的权利。

那年9月，我去了县城上高中，一个月回一趟家，而赵波被父亲送去市里跟亲戚学习简单的汽修。我拍了教室的照片在QQ上发给赵波看，上高中时我们也开始穿校服了，像很多青春小说里写的那样，而且不用勤工俭学。

赵波说，他也有"校服"了，还拍了照片给我看。照片上的他，穿着蓝色的沾满油污的工作服，剪短了头发，几个月不见憔悴了许多，有一种说不出的苍老，尽管他笑着，但我知道他一定不开心。

也是在那时，我才忽然明白，我的遗憾不是因为我不能再抄赵波的作业，也不是他不能再帮我补习数学或者帮我看小说，而是他的梦想落空了，掉在地上碎得悄无声息。

在我高三上学期那年，赵波正式成了一名货车司机。

我们在教室里读书的时候，他在全国各地天南海北地跑，日夜颠倒。他在 QQ 空间里更新的照片，永远都是在路上，我偶尔的问候他也是时隔多日才看见，渐渐地我们就很少再联络了。

高中的最后一个寒假，小镇下了一场大雪，所有的尘埃都被雪掩埋。我跟母亲去菜市场买菜时遇见了赵波，他不再是那个清白消瘦的少年，而成了挺拔壮硕的男子，黝黑的面容写满短短三年的风霜，明明才 18 岁，却有一种说不出的老成。

他眼里没了初辍学时的不甘和委屈，而是坦然。看来他已经接受了货车司机这个身份，也接受了告别学校、告别梦想的现实。赵波不像之前那样善言，我们站在菜市场门口只寒暄了几句，他就往网吧去了。我望着他的背影蓦地鼻子发酸，我知道从此以后我和他将各有自己的归途，各有自己的人生。

第二年春天，我正在教室里背单词，赵波发来一条 QQ 消息，是一张照片，那座曾经长满映山红的喜山被夷为平地，货车在山脚下来来往往。从那天开始，那些成片灿烂的映山红和幽香的兰花，和少年赵波一样，都只能永远存在于我的记忆里了。

2008 年夏天，我的人生中发生了两件大事：一是高考，二是汶川地震。我在地震发生的第二天接到父亲的电话，他说前一天地震发生的时候，赵波的货车碰巧开到成都，他父亲打了几十通电话也无法接通……

我望着窗外乌云翻涌，一副山雨欲来的征兆，不断祈祷。所幸，

焦急地等到第四天，终于等来赵波安全的消息，我也终于松了口气。

高考前最后一次回镇上，见到了赵波，我才知道那次地震他并非安然无恙。原来，他从旅馆三楼跳下来的时候，摔伤了右脚，以后再也不能开车了。

"那你会回到学校继续读书吗？"我问他。

赵波笑了一下，摇摇头，他说父亲决定卖掉货车，去县城开一家小超市，弟弟妹妹还要读书，他得留在超市帮忙。我看着他脸上的笑，一句安慰的话也说不出来，只望着河边茂盛的青草里星星点点的碧蝉花发呆。

之后，我去了外地上大学，后来所有关于赵波的事，都是从我父亲那里听来的。比如，我大一的时候他们一家人都搬去了县城，超市生意做得不错，他们在县城买了房子；比如，他妹妹以死相逼终于如愿上了高中；再比如，在我大三下学期那年，赵波跟一个女孩订婚了。得知这些消息的时候，我总是情不自禁地想，如果赵波也念了大学，现在会是一番怎样的光景呢？谁也不知道，谁也无法预料。

大学毕业之后，我仍痴迷于写小说，辗转去长沙做过杂志编辑，又北漂去做图书策划，陆续开始发表文章之后，我索性辞职专职写作，算是离梦想又近了一步。

这几年回老家，发现镇子附近的山都被挖空了，那些青山没了，我们的小镇变得更加灰头土脸，夜晚趴在窗口再也看不见漫天璀璨的繁星。我终于意识到，那些夜空里曾经明亮的星辰，也和我们青春年少的岁月一样，沦为记忆的点缀，再也回不来了。

我是化身孤岛的蓝鲸

琦　惠

琦　惠　新锐青年作家。2013 年获"《爱格》新人作者"称号，2014 年至 2016 年连续 3 年被评为"《意林》优秀作者"，2017 年受邀参加"哲思传媒牛人踏青"作家峰会。作品常见于《华人世界》《意林》《青年文摘》《哲思》《感悟》等杂志。

1

如果有时光机，可以回到 2005 年，那么，我一定要去"榕树下"写作。因为那时候我的榜样郭敬明还不是郭导，他只是一个会讲故事的男同学。他以"第四维"的名字构建着自己的文学国度，而且，并不介意志同道合的朋友闯进那个秘密基地。

然而，十几年前的我似乎比较蠢。我在那个还不会将白纸黑字

看成是青春期过时产物的时代，基本没有冒险精神。我不敢通过网络去结交朋友，亦不会试图用电子产品去实现自己的作家梦。每一天，我都活得循规蹈矩，死死地遵守着重点高中里一切从"短"的规定——头发要短，鞋跟也要短。如果说有什么东西可以不短，那大概就是——裙子和成绩。

如此可笑的准则像是沉重的石头，紧紧地压在我胸口上，我无奈且无力对抗。很多时候，我会很讨厌自身这种温吞的性格。不，更准确地说，我是讨厌自己的成绩在当时正处于一个不上不下的状态。这种位置让我既不甘心像"三好学生"那般积极地响应学校号召，也不能像所谓的"坏学生"那样，酷一点地我行我素。更讨厌的是这份对自我的认知，配合着没完没了的雨季，并未造就我"少女情怀总是诗"的神话，让我多出产一些好的文学作品。相反，我的周围开始被霾笼罩。不止一次，我都能听到某个阴郁的声音在召唤我：躁动吧，叛逆吧，释放天性吧！

"我要变成坏女孩。"我在花花绿绿的纸张上写下自己的心愿，还印下了一个大大的唇印。但是，我依旧不敢将文章邮寄给郭敬明和出版社。那些年，我所有的心事，只是写给自己看。

现在想来，我在16岁那年，是因为没有信心成为想象中的样子，才选择不去尝试，而是朝着更糟糕的方向发展吧。就像当时，总有些男生明明投球的命中率就是不高，他们却总喜欢嘴硬地说："嘿，我不进球是为了故意引起女生注意呢！"我也同样敏感且自傲。我不想让他人窥探到自己对某件事的渴望，便装出一副无所谓的样子。

只不过，那个总爱讲这句话的男生其实说得也没错。至少当我又一次站在操场，学着郭敬明所说的"用45度角仰望天空"时，我就真的注意到了那个投球总不进的他。

2

"有种'糗'叫作'球没投中，还砸在了女生的鼻子上'。我诚挚地道歉，望原谅。"笔名叫作"起风"的男生，在我隔壁的隔壁班级。即便距离如此之近，他还是在砸球意外发生之后，以写信的方式向我道了歉。当然，他还在往后递给我的信件里，讲了一些别的事情。

比如陈年的酒，稻谷的香，南迁的浮云，北方的狼……那个看起来有些自负和大大咧咧的男生通过一次又一次的手写信，让我了解到：他实际上要比我想象中更沉稳和内敛，还有一双能包容万物的眼睛。世间的美好似乎全部都倒映在他的双眸里，连同我的缺点也总会被看成是优点。

于是，我便动心了。我的少女心事开始变得沉重、盲目，但又那样纯粹。每一次拥进食堂，我都会记得他喜欢吃红烧茄子，务必要抢到两份。每一次吵架了，我明明委屈地号啕大哭，可一看到他在寒风瑟瑟的停车场等我，便又选择了原谅。我还学着给他叠纸星星、绣十字绣、织围巾，完全忘记了自己的作家梦。连同他是"天之骄子"，我都忘记了。

在我的记忆里，那个夏天似乎只发生了三件事：他用一个篮球砸到了我的鼻梁，继而引起了一段相识，我们又因为互相交换的信件递进了关系。我以为时间会一直那样静止。

很显然，关于我意识中的第三点，那简直就是荒谬。在"效率至上"的高中时代，分秒必争才是常态，尤其对于学霸来说。结果呢，

他竟跟着我学会了无意义地浪费时间。各方面的火力便集中到了我的身上。

"他有大好的前途，你有吗？看看你的成绩单，不觉得丢人吗？"班主任气得足足喝了两大杯水，他对我苦口婆心地劝说，又扭头对教导主任抱歉地微笑："我一定会看好本班学生，不再让她骚扰咱们学校重点培养的苗子。"

"嗖"——班主任的话刚落，我便觉得有点冷。我扯了扯校服的领子，继续耷拉着头，等待父母的到来。其间，有三五个喜欢"八卦"的女同学偷偷趴在窗台，以一种特别鄙夷的神情看向屋内，我都看到了。但这并没有关系，反正早在我进办公室之前，她们就已经冷嘲热讽："叫家长，写检讨，那是你活该！谁叫你不自量力，也不看看自己有没有资本，就去带坏好学生啊。"

她们的话直接且具有杀伤力，我愣了一下，却没有反击。我只是在心里暗暗地想："难道你们就比我更高尚一点吗？你们比我还差劲，喜欢一个男生你们都不敢靠近他，只会去攻击待在他身边的人，简直就是胆小鬼！"

越这样想，我越觉得自己是做了件超酷的事情。要求罚站的时候，不自觉地，我的头就抬了起来。甚至当我被父母领回家狠狠教训、受到禁足的处罚之后，我都还沉浸在沾沾自喜之中。我总以为自己是英勇的女战士，明知不可为而为之，却并没有意识到：所有的一切仅是自己在奋不顾身，其实我特别傻，特别像一个跳梁小丑。

毕竟，那些年所学的能量守恒定律，并不适用于青涩的爱情啊。不是所有人都想在有限的时间里化身为孤独的鲸，只在家乡这一方海洋中游荡。总有一些人，还梦想着走到未来，去看看大千世界。比如说，"起风"。

他在某天，突然学会了痛定思痛。然后，他最终选择听从所有人的规劝，彻底与我决裂。他朝着太阳义无反顾地向前走，天边的云却如同低垂的翼，压得我根本喘不上气。以至于我坐在球场的看台上整整喝了 5 罐可乐，才拿起了篮球，朝着球筐投篮。

"咣当"一声，球并没有进。它就像是我心里所有期许的愿望，就那样腾起又落空，令我深深地感到挫败和委屈。瞬间，我便蹲在了地上，号啕大哭。

来来往往的人被我的行为所震惊，接着，他们又都选择了视而不见。唯独一个女孩，朝我走了过来，她递给我一张纸巾，说："不是每个球都要投进篮筐才有意义，球在天空飞行的弧度本身就是一种意义。"

3

后来，这个给我递纸巾、说话很"哲学"的叫蒋文涵的女孩，成了我的铁杆闺密。由于我们是因篮球结识的，有很长一段时间，我和她的背包上都分别挂着樱木花道和流川枫的钥匙扣。

"等咱们长大了，我一定要亲自去日本买正版的《灌篮高手》，再去美国看 NBA。"她说。其实，在大多数情况下，蒋文涵并不是文绉绉的。她学理科，成绩很好，有着一颗大心脏和一个大目标。她还常常会教育我："今天，你所做的一切不喜欢的事情，都是为了明天能去做所有喜欢的事情。"

"哦，是吗？"

"嗯……前提是,你不喜欢做的事情也要有一定的成绩啊。比如说,画画。"她喜欢对我说大实话,一针见血的那种。我侧耳倾听,根本无法反驳。

因为自从进入高三之后,我就转去了美术班,还成为那里的"典型"。很多次,老师指着我画的石膏像,义正词严地说:"琦惠同学,你画的这些人物,鬼见了都会被吓哭……可事实上,你明明很有绘画天分,老师见过你的真实水平,我知道你就是故意自暴自弃。"他试图做那根救我的稻草,结果,我并未被感化。

是被迫放弃了"文学梦"之后吧,我就开始得过且过。只要上专业课,我就逃课。我会去小卖部买各种口味的干脆面和碳酸饮料,然后再爬上学校的天台听 MP3 播放器。我的耳朵里,时常传来周杰伦的声音:"听妈妈的话,长大后我开始明白为什么我跑得比别人快,飞得比别人高。将来,大家看的都是我画的漫画,大家唱的都是我写的歌。"

偶尔,我会跟着周杰伦一起唱,却从未将这些歌词铭记在心。

直至有一天,蒋文涵开始准备出国、郭敬明被告抄袭、传闻周杰伦得了脊椎炎、父母也真的有了白头发,我才开始慌乱。那是我第一次知道——如果我不打算跑起来,可能只会离喜欢的人越来越远,更别说去保护他们。

万幸,一切都还来得及。

我终于醒悟,开始正儿八经地研究一颗苹果究竟为何有那么大魅力——它怎么就能砸中了牛顿,于是有了地心引力;它怎么就能吸引了乔布斯,于是成为电子界的霸主;它究竟为什么又混进了美术界,于是终于让我为它寝食难安。不仅如此,我还开始和香蕉、白菜、盘子、勺子、海盗、大卫、小卫"相亲相爱"，简直要将它们画到吐。即便如此，我还是坚持了下来，并且一点也不后悔曾经那样努力过，哪怕不是为了"文学梦"。

因为事实证明，蒋文涵说得没错。当年，我用忍耐、拼搏才打开了通往大学的大门。后来，我又以平面设计这个专业进了一家4A广告公司，继而有机会接触到文案撰写之类的工作，最终成功晋升为创意部总监。再后来，积攒的人脉让我终于有机会去为郭敬明写传记，还去见了周杰伦。这一切的一切，好像都在说明：路的曲折，皆是为了最美的重逢。

那么，此时此刻，跌跌撞撞之后才终于长大的自己，也该去会一会过往了吧。

"请应答吧，2005年！"我发自肺腑地呐喊。以往的我，讨厌自己的温吞、偏执和叛逆。现在的我，真的好怀念自己的高中生活。我觉得：在我16岁的时候，曾认真地活过、疯过，爱之灼热，恨之切肤，拥有过短暂的爱情以及长久的友情，走过错路却终究找到正确的方向。我的青春很尽兴，它本就无悔。

我也很想骄傲地说一句——我曾是一头化身孤岛的蓝鲸，虽未见过太多的生灵，却一样见过最珍贵的风景！

秘　密

高　源

高　源　1993年出生，儿童文学作家，作品多见于《儿童文学》《少年文艺》等刊物，著有长篇小说《秋安》。

新买了一副墨镜，刚戴上就兴冲冲地拍了张照片发给梅老师："好看吧！是不是很酷？"半晌，她幽幽地回了句："镜片颜色太深，乍一看有点像盲人啊。"

梅老师是我的高中语文老师，和我妈妈年龄相仿。不知何故，我好像生来就有一种能跟老师成为朋友的天赋，不论老师的年龄、性别、脾气。我与他们交谈时以"你"而非"您"相称，内容常越界至学习之外，甚至敢当着班主任的面吐槽周六补课是件"太没人性的事"。嗯，就像朋友之间一样平等和轻松自在。对此，其他同学与其说是羡慕，不如说是惊恐——虽然这种师生关系在国外或国内的大城市并不新鲜，但在一个女生们夏天都不好意思穿裙子的小城的高中，这可真是有点奇妙。

毕业 6 年了，每年暑假回家，我都会约梅老师出来玩。她开车，我们随便选个方向就一路走下去，稍不留神就从市中心开到了郊外。常常是正聊得手舞足蹈，她忽然叫起来："呀，别光顾着说话，看看这是哪儿啊！"我意犹未尽地收住话头，透过车窗环顾四周，淡定地说："不知道，管他呢。"好像每次约会都要迷路，然后再稀里糊涂地绕到正确的路上来。归途中，她还会特意绕到学校，给办公室的花草浇水，向我介绍新加入的成员，心虚地预测它们的寿命；或者打电话跟她先生商量晚上吃什么，再打电话让默默在家先把粥做好。

　　默默是她的女儿，也是我高二时的同桌。当年每次梅老师在语文早读时抱着几本新的小说或诗集进来，或者在课上第 N 次提到自己曾去过的地方，我们前后左右的同学就揪住默默，泄愤似的拍她、摇她，不可思议地大叹："你家是不是满屋子都是书？你妈妈是不是全世界都去过？"

　　全世界倒不至于，但全国是差不多了。在高中教书是忙碌而紧张的，但梅老师总有办法把生活过得津津有味，远则花一个多月的时间驾车去趟新疆，近则在办公室种一排叫不出名字的植物，等着它们开花。曾经在上学路上，我看到她捧着一盆新买的花，昂着头，满面春风地走着，嘴角抑制不住天真满足的笑，像个得到一大包糖果的小孩。也许是花让她那样开心，也许她就是没来由地开心。在匆忙赶往现实生活的人潮车流中，她好像面朝着一个完全不同的梦幻的远方。我与她隔了几步远，却没有跑过去打招呼——我有点不舍得打破那笼罩在她周围的淡淡的光芒。

　　梅老师很率真，时常讲些与严肃的高中氛围和教师身份不符的话。自习课考试，她和我们一起写卷子，下课时我们还没开口，她就先抱怨起来："唉，真讨厌做题啊！"一副撒娇又无辜的表情。有时她讲着课，莫名其妙就冒出一句："哎呀，校园里的法国梧桐的叶子都干枯成那样了怎么还不落，看着心里怪不舒服的。旁边的杨树叶早落完了，树枝那么干净。"同学们面面相觑，我则郑重地表示反对，觉得满树枯叶在起风时发出的声音十分动听，留着正好。酷暑时，全班蔫成一片，当年教室里还没有装空调，只有大吊扇像空头支票一样在头顶一遍遍说谎。她就自己出钱，让课代表出校门买两箱冰激凌回来，大家在自习课上吃得不亦乐乎。

梅老师对某些学生有特别的好感，且都出于一些单纯天真的原因，而非成绩好那么庸俗的因素。越是调皮的她越喜欢，觉得他们可爱；她笃信男生就是得打打架什么的，有股少年的血性才好；她尤其欣赏一个男生，就因为他的字写得好，每当需要抄些什么在黑板上，她就叫他来做，然后站在教室后面，旁若无人地陶醉在优雅的字体里。

我并没有打架的血性和书法的天才，但她也挺喜欢我。若真要找一个原因，大概就是我们都对月亮痴迷吧。我在语文周记里写每晚出门第一件事就是抬头找月亮，她惊喜地在评语里写她也爱看月亮——她的评语类似于一封短信。她会在月朗无云的夜晚驾车去灯火寥落的田野，那里的月亮显得更亮更美。有时因为贪心，看了太久，就被冻感冒了。她先生担心她的安全，便陪她一起去。

"有人陪着看月亮，很浪漫吧？"我问。

"哈哈哈，"她笑道，"你叔叔不懂得欣赏，昨天盯着月亮感慨：'哎呀，这月亮圆得跟烧饼似的！'"

我俩的爆笑声被晨读声完美掩盖了。

说那种年龄的人孩子气，不知是褒是贬。但梅老师确实跟当时的我和默默一样孩子气，甚至有过之而无不及。

梅老师教我们班的语文，同时也是隔壁班的班主任。默默暗恋隔壁班的一个男生，高个子，虎头虎脑，走路如疾风迅雷。默默告诉我他姓潘的时候，地理老师正用粉笔在南美洲地图上标注潘帕斯草原。从此我就叫他潘帕斯。全校运动会，听说潘帕斯要跑男子一千米，我手舞足蹈地冲进班里，把羞涩紧张却故作镇定地写作业的默默硬拉出去围观。结果她真的只是围观，缩在人墙后面一声不吭，害得我替她激动地喊了几百声"加油"。

那个年龄的我们都坦坦荡荡、心思透明，什么都往周记里写，无所谓秘密，也不怕别人知道。梅老师从周记里读到了，却装作不知道的样子，从不当我们的面提这茬事。直到有一天，我走进教室，看到默默两眼放光，浑身颤抖，不停地往桌子上摔笔，掉在地上就换一支接着摔。这是她表达激动和疏导情绪的独特方式。

"你……怎么了？"我小心地问。

她像是要哭，又分明在笑，几乎说不出话来。我感到事态有点严重。

等她平静下来恢复了语言能力，我才知道：毫无征兆地，梅老师以默默的作文不够好为由，特请潘帕斯给默默辅导一次功课，就在语文组办公室里，并且送了他一堆书以表谢意。

所以那天晚自习，默默就可以名正言顺地跟她暗恋的男生单独相处了！如此离谱的好机会，不抓住简直天理难容！我们的班主任要是知道，肯定担心得吃不下饭——她最怕这种青春期的情愫搅扰人心，影响学习。更别提这机会还是语文老师兼亲妈精心安排又若无其事地

递到怀里来的。

"真好呀!"我不无羡慕地说。

"说不定哪天你也可以跟你喜欢的人说上话呢。"默默说。

"不,不,不会的。"

因为我暗恋的是一位老师。他教梅老师的班,不教我们班,所以我根本没有机会跟他说话。

用"暗恋"这个词可能不太准确。因为桀骜不驯的我曾给他写过一首诗,发表在一本国家级期刊上,然后跑到他的办公室去。

"老师,这里面有我的诗哦。"

他略感惊喜又困惑地拿起杂志,从后往前翻找着。

"你就那么没信心我的诗会发在首篇吗?"我说。

他笑着,从第一页翻起,找到我的名字,静静地读了很久。

那是高二的事了。我没再跟他说过话,直到高三的冬天。

那个冬天冷得早,树叶掉得很快,几场大风,就把世界整个儿换了。我从小扛冻,又犟得很,硬是撑到 11 月还穿着单衣。我喜欢冷的感觉,冷会让我头脑清醒、思维敏捷。

为了给大家鼓劲,我们班班主任特意张罗了一场热闹的班会,请所有任课老师讲讲他们各自的高三记忆,回味那段疲惫苦涩又闪闪发亮的时光。班会后没几天,梅老师也借鉴经验,在她的班里开了一场类似的班会。这事原本跟我没半毛钱关系——倘若她不曾邀请我参加。

那天自习课,我正奋笔疾书,门外忽然有人找。

"你跟我走一趟吧。"一个陌生的男生说。

"嗯?"

"梅老师请你参加我们班的班会。"

"为啥呀?"我哭丧着脸,百思不得其解。

"其实我也不知道,"他耸耸肩,"可能是让你讲学习经验吧,你不是你们班的第一名吗?"

梅老师搞什么鬼,我在心里嘟囔,心不甘情不愿地拖着步子离开我写了一半的题。耽误整整一节课!今天的计划完不成了。

推开邻班门的时候,我的记忆和理智还是正常运行的。但当我看清坐在后排的老师当中某个人的脸之后,我的整个系统就紊乱了。

梅老师坐在他旁边,见我来了,就悄悄换了个座位。我精神恍惚地走过去,机械地坐在那唯一的空座上。

上天作证,我的记忆系统受到了惊喜的损害,那次班会做了什么、讲了什么,我现在真的一点都想不起来了。

只记得第二天语文早读,梅老师站在教室后面看书。我心慌意乱地飘过去,不敢看她的眼睛,说:"老师,昨天的事,谢——"

"哎呀,"她打断我的话,捏了捏我的薄薄的外套说,"你穿这么少,冷不冷?"

"不冷。"我有些意外地回答,然后想了想,没说什么就走了。

有一种秘密,是别人不知道的事;还有一种,是知道却装作不知道的事。

我们暗恋同一个男生

七月二童

七月二童　1990年生，自由撰稿人，著有长篇小说《亲吻成年时》。

高中时代的教室里，不用经过协商，就能一致发生的有趣现象是：几个要好的女生同时暗恋同一个男生。而这个男生通常不知情，或许永远都不会知情，但女生们在那段时间会抱团分享一切与这个男生有关的花边新闻。

比如："我今天去楼下食堂吃饭时与他擦身而过，刚打完篮球的他，汗珠都还挂在脸上，但我还是觉得他好帅啊。如果谁推我一把，我肯定去给他递纸巾。"

又比如："我跟他在楼梯的转角处差点撞上，我们还看了彼此一眼，超尴尬的是不是？"

再比如："你知道吗，他好像很喜欢科比。科比是谁啊？我也来研究研究。"

这些微小的、大多数都是自己想象出来的互动内容，足以支撑女生们一整天的胡思乱想。男生们可能觉得很平常，打篮球出汗不过是自然现象，差点撞上对方时看一下对方不过是表达歉意；而女生们就如同手捧珍宝，需要无数次地拿出来欣赏把玩。

她们靠着彼此毫无猜疑和攀比的分享离"男神"更进一步，她们同舟共济、携手共进地关注着同一个男孩。这份天真，成年后的我每每想起都觉得甚为可爱。

世上的爱情，大概没有比那个阶段的女孩子们建设得更单纯的了。

我也曾这样单纯可爱过。

高二的一天，跟往常一样，我准备迎接一整天毫无新意的学习生活。突然，我看见一个高大的男生走进教室，肩膀上斜挎着一只军绿色的帆布翻盖包——是那种复古样式的，翻盖上还印着闪闪发亮的红色五角星。刚开始大概谁都没注意到他，因为他走路太安静、太小心翼翼了。我猜想他是不想引起别人的注意，但一个大活人怎么可能不被人发现呢，只听见一个女生突然喊了出来："哇，周杰伦啊！"

我闻声抬头，男生瞬间涨红了脸，迅速走到已经空了一周的座位那里，端正地坐好，然后伏在桌子上，一只手左右摇摆，好像在告诉同学们，不要把目光集中在他身上。

但哪个女生能拒绝一张如同周杰伦复刻版的脸呢？

我们的那个时代，周杰伦有众多粉丝，在 MP3 播放器有限的内存里，80% 都是周杰伦的歌。大多数人都有一颗蠢蠢欲动想要见偶像的心，但没有鼓鼓的钱包来实践，做得最多的还是买周杰伦的海报和招贴画，然后贴满墙壁和桌兜。

　　我从来都不算同龄人中特立独行的那一个，所以她们做的事情、有的想法，我都一一有过。

　　忍不住大声叫出来的女生，我叫她玲子，是那段时期我最要好的朋友。她迷恋周杰伦的程度远超于我，大概也是因为她家比我家有钱，她有足够的零花钱来肆意表达她的情感。而我不能，我买一张海报都要缩手缩脚考虑良久，伫立在小商品店随意摆放的明星海报前，翻来覆去地寻找，最后却以"这些都不算好看"而草草收尾。

　　有时，我能看出老板娘眼睛里满满的不快，她一边收拾被我翻乱的海报，一边客气地说："再看看别的，这边还有很多。"实在面薄的情况下，狠心买一张，那我的下顿早餐就要少加个卤蛋了。

　　自那以后，玲子就有了新的中意对象。她跟我传纸条说，她对他有好感。其实我也有，可我没她那么有勇气。她跟我传完纸条后，我就看到另一张纸条传到了那个男生手里。

　　我问玲子："你就这样告白了？"

　　玲子说："没有啊，我只是对他说'你长得好像周杰伦啊！我最喜欢他了，我们可以做朋友吗'？"她顿了顿，看我的反应有点迟钝，继续说，"你傻啊，我当然不会告诉他我喜欢他，女孩子还是要矜持。"说完还瞥了我一眼，那眼神好像在说："你怎么连这点道理都不懂。"

　　玲子当即就送给那个男生一版刚买的周杰伦最新款的招贴画。男生大概习惯被这样关注了，没有拒绝。玲子觉得有戏，更加肆无忌惮，下课去小卖部买零食，偷偷塞进他的桌兜里，然后再写纸条说："我这么胖估计都是这些零食害的，我不吃了，给你吃吧。"

　　好像在那个年代，没有捅破那层窗户纸的都不算真正的恋爱；没有那句"我喜欢你",所有的心意就属于暗恋的范畴。尽管已经明目张胆到跟他分享最私密的故事,但暗中隐藏的秋波却不像那句正式的表白一样可以盖章生效。

现在的我们虽然口口声声地喊着要过有仪式感的生活,但从来都是稀里糊涂、得过且过,明摆着一张凑合的脸,把生活过得四分五裂。

少年的时候有着棱角分明的可爱。

那段时间,我充当知心姐姐的角色,听玲子讲与那个男生发生的点点滴滴,玲子讲到情动之处,还把摞起来很厚一沓的纸条摆在我面前供我详细阅读。我了解到男生转校是因为他的前女友转到了隔壁的学校,而他觉得这两所学校的距离刚刚好,不打扰但最接近。这样的举动中满满都是"我就站在你身边默默关注着你"的感动。

我知道这件事后,一时头脑发热给他传了写有肺腑之言的纸条,大意就是:没有哪个男生可以像你这么痴情!你好棒啊!我会永远支持你!现在回想起来,觉得写得特别矫揉造作,好像想把所有美好的词语都赋予他,但文笔稚嫩,写出来的不过是朴实无华的大白话,但也是最真实的感情。

我自己明白,我不过就是找个由头去接近"男神",纸条里的一字一句都透露着对他的崇拜与好感。不过,这种感情是隐晦的,起码在那个年纪是那样,搁在现在早就被识破戳穿了。

我装作漫不经心的样子,给玲子报备了这件事,做到彼此分享,毫不心虚。她并不关心我写了什么,第一反应是:"他怎么回你的?"

"他很礼貌,只回了一句'谢谢,很高兴认识你'。"

玲子笑了:"哈哈,他对你没兴趣。"

我也笑了，含蓄地说："就对你有兴趣啊。"

"那当然啊，要不他怎么每次回我那么一大段！"玲子更加放肆地大声笑起来。

我敲了敲她的脑门："就你有能耐。"

其实，可以看出来，学生时代并不需要像成年人之间的谈话一样顾及对方的感受，我们谁都没有异样的小心思，哪怕是对同一个人有好感。

"如果我跟他好了，你真的不介意吗？"玲子突然认真地问我。

"不，我只会替你高兴！"我想都没想就回答了，到现在我都还敢为这个脱口而出的回答发毒誓，绝对是真心实意的。

玲子说："放心，如果他喜欢你，我也会放弃的。"

我挽着玲子的胳膊说："陪我上厕所。"

我俩走过讲台的时候，不约而同地都望了那个男生一眼，男生托着下巴也若有所思地望着我们。我们俩又看了彼此一眼，像是一起预谋什么勾当一样，弯着腰，忍住笑，"刺溜"一下跳出了教室，接着教室外面响起一阵爽朗的笑声。

但其实，我们两个始终没有勇气先迈出那一步。

后来，可能我觉得时间久了，没意思了，也可能是有点退出的意思，纸条传着传着就不传了。

玲子还是一如既往、不求回报地给予。男生似乎也没觉得有什么，毕竟这种情愫悄无声息，没有明目张胆到被叫到教导主任处，没有被批评教育请家长，那么一切看起来都很温和美好。

只是某天午休时分，男生的"前女友"意外地来了。

我们都看见，平时几乎不怎么切换表情的他，像个孩子一样蹦蹦跳跳地出去了。他们在外面聊了很久，也躲掉了很多次老师的检查，但躲不过教室里我和玲子特意关注的目光。男生手舞足蹈，十二分的愉悦都写在脸上，时而着急地想要表达什么，时而含情脉脉地盯着那个女生看，眼睛都不眨一下，那是我们第一次见男生这样。那个女生穿着一身白色连衣裙，站在离男生很近的地方，画面美得就像偶像剧一样。

玲子闷闷不乐，我安慰她："没什么大不了的，做朋友也很好啊！况且，你们现在不就是朋友吗？"说完还补了一句在当时的环境下，可以安慰任何一个失恋者的话——朋友比恋人更长久。

谁知她听了这句话反问我："我们的友谊会天长地久吗？"她有一点泪眼婆娑。

我拍拍胸膛说："当然！"

她破涕为笑，转身就给男生写了一封绝交信，拿给我看。信上的文字一笔一画很工整："很多年后，可能你会忘了我，但这不重要，重要的是，现在我和你发生的故事，像此刻的阳光一样，照耀着我生命里的一段青春路程。谢谢你，朋友；也再见了，朋友。"

突然有一天，那个穿白裙的女孩又来了，正好与玲子迎面相撞，她一边探头向教室里看，一边拦着玲子问："我哥哥呢？"

玲子没搞清楚状况，刚想发问，男生就紧跟着出来了，摸了摸女孩的头，温柔地喊了一声"小妹"。

玲子迟疑了一会儿，仓皇而逃。

后来我问玲子："后悔吗？你可以跟他解释的啊。"

玲子一脸正经："就算没有那件事我也准备放弃了。我知道，如果我感动了他，跟他真的好了，你一定会祝福我，这一点我是肯定

的，百分之百地肯定。"她好像觉得我不会相信，刻意强调了一遍。

我点头表示赞同。

"但如果我们一起出去吃饭，我总觉得会伤害到你，我不想这样。我们的友谊不能是一段，而是一辈子。我还想和你一起上厕所，一起传纸条谈论某个大帅哥。"

我哈哈一笑。

玲子接着说："其实，你退出时也是这样想的吧？"

我眼珠子一转，说："谁说的，我就是突然不喜欢他了。"

最后一句是谎言，我和玲子都知道。

待到辣椒成熟时

王宇昆

王宇昆　1996 年出生，毕业于厦门大学，已出版《当世界已无法深爱》《你曾是少年》等作品。

一

出国之前回了一趟奶奶家，房子已经许久无人住了，我和父亲去打扫了一下蜘蛛网和灰尘，意外地在阳台上看见了那盆原先种着辣椒的花盆里生出了新芽，却不知是否还是奶奶亲手种的那株辣椒，只是兀自看着那破土而出的翠绿生机，便有一种恍如隔世的感觉。

原来已经过去 4 年之久了。

那盆辣椒是我高三那年种下的，种子是一名女同学给的。我也不知道这有何意义，想到奶奶平日里爱捣鼓些植物，就拿回家给了她老人家。

这辣椒种下去起初就是没动静，不都说植物是在夜间偷偷长大的吗，于是，我每天晚上下晚自习回到家都会跑去阳台瞄两眼。也不知道怎么心里就揣上了期待，渴盼着有朝一日看着那红灿灿的辣椒蔓生出来。

送我辣椒的那名女同学名字叫莹，我的母亲跟她的母亲是同事，所以母亲平日里就叫我多照顾些莹。我上高三的时候是寄住在奶奶家的，莹在我奶奶家的小区里自己租了一个小房子，于是同班的我们便总是一起上学放学。

现在回忆起来，高三的生活单调得像那煮完饺子的清汤，虽是裹挟着那五味杂陈的馅料下锅，但仍是索然无味。尽管厌恶每天一大早天还没亮就骑车赶去教室早读，但还是日复一日地坚持了下来。尽管晚自习下课的时间越来越晚，但每当身边有个人可以和我说笑着一路归家，便不觉得这寒风中的路无聊。

我每次收拾书包都慢半拍，于是每次莹总会在车棚的门口等我，人流拥挤的时候，她会跳起来朝我招招手，让我知道她在哪里。回家的路上，我们很自觉地不再聊任何关于学习和考试的事情，只是慢慢地骑车，然后"吐槽"当天遇到的糟心事。我们乐于做彼此的垃圾桶，很多时候，坏情绪都是在这短暂的 20 分钟骑行里被抛到脑后的。

二

听母亲讲过莹的故事，4 岁那年她父亲突然失踪了，然后她和母亲相依为命到如今，所以从小到大，莹都是一个特别争强好胜的人，一路优秀地走过来，中考的时候，还考进了我们市前 10 名。单位里的同事们都很羡慕莹的母亲，而每次提起自己女儿的时候，她母亲总是满脸的欣慰。

高三那年，莹创造过许多诸如英语满分、文综全班第一的奇迹。那时候的莹立志考上北京的中国人民大学，所有人也都相信她一定是没问题的。然而高三上半年时的我仍旧是个"落后分子"，成绩平平，按照年级排名分考场，我永远在顶层。于是，我母亲总是拿莹来鞭策我，让我没事多请教请教人家是怎么学习的。每当谈到这个话题时，我总是想尽办法转移话题，歇斯底里的时候还因为这个和母亲吵过架。

记得有一次在放学回家的路上，我问莹："你从小到大都是前三名，会不会突然有一天也会觉得累了，或者是害怕了？"不知道是不是我问得不合时宜，还是怎么的，我的话音刚落，莹的自行车就掉链子了。

我停下来，帮她把车子转移到路边，然后摘下手套帮她把链子重新缠上。来来去去弄了10多分钟，刚缠上没走两步链子又掉了下来，莹让我先回家，她自己推着车回去，我没有答应她，而是陪她一起推着车子回家。

"就像这链子，你不知道什么时候突然会掉了。"她说，"我有时候也会想，如果有一天，我真的坚持不下去了该怎么办？"

风把她没有完全藏进帽子里的发尾吹拂起来，我看了她一眼，听见她的声音被揉碎在风里。

"记得上初中的时候，有一次考试，我从前三名一下子掉到十几名。我拿着成绩单一路忐忑地走回家，满脑子里都想着该如何跟我妈解释，快到家的时候，却看到我妈一个人扛着两袋大米上楼，看到她

背影的那个瞬间，我一下子就哭了。也不知道为什么会突然变得这样敏感，只是觉得如果没有我，或许她不会活得这么辛苦。所以从那时开始，我就立志每次考试都要考第一。后来我每次考试，都会想起那个一直印在脑海里的画面，或许这是我在这个年纪唯一可以让她感到生活还有希望的方式了吧。"

话音刚落，我看着身前匆忙的车流，它们在远处化作一个个圆形的光点，心里滋生出一种很柔软的感觉。那一刻，在我的眼睛里，莹是一个很厉害又很特别的存在。

后来的高三生活依旧千篇一律，我们从厚重的冬装换到短袖衬衫，就连知了的声音，也不晓得从何时开始充斥生活的每一个时刻。

多亏了奶奶的悉心照料，莹送给我的那株辣椒成功地在春天的时候冒出了芽。每天下晚自习回家后，我做的第一件事就是去看看它，摸摸它的嫩芽。还嚷嚷着等长出了成熟的果实，就一定要把这辣椒烹进菜肴里。

三

在一模考试的第二天，莹突然没来上学。收到她的短信时，我正在吃早餐，短信里她什么也没有说，只是说这段时间不能跟我一起上学了。起初我以为她生病了，但接下来接近半个月她都没有出现，这让我着实担心她到底怎么了。向母亲打听了一下，才知道原来是莹的母亲一个人在家烧水的时候，不小心碰倒了热水壶，两条腿被大面积烫伤，目前在医院住院治疗。

起初莹的母亲是瞒着她的，但最后还是被莹知道了。莹向学校请了一个月的假，在医院里照顾母亲。虽然母亲百般拒绝，怕耽误她的高考，但莹还是倔强地留了下来，每天一边照顾母亲的起居，一边复习功课。

之后的半个月，我每个周末都会把这一周堆积如山的试卷送给待在医院的莹，我们会简单聊聊学校里的事情。然而，言语之间我也能发现她脸上的疲倦。

莹的一模考试虽然只考了第一天，但单科的成绩依旧不错。二模和三模的时候，莹终于出现，考完试便又匆匆回医院。她的成绩单依旧是我带给她的，只是和以往不同的是，莹这两次的成绩一直在退步，三模的时候甚至从班级的前三名掉到了第二十几名。

我不敢想这到底是因为什么，只知道这不是莹应该有的水平。我试图善意地提醒莹，但她百般嘱咐我不要把她的成绩告诉别人，因为她不想让母亲失望。

再后来，莹没有再让我帮她送试卷，高考前的几天，她终于出现在了学校，那大概也是我们最后的交集。

高考前一晚，我们依旧像往常一样一同骑车回家，半路上她突然问我那株辣椒怎么样了，我说已经冒出青绿色的果实了。她笑了笑，让我猜她当初为什么要送给我辣椒。

我说我猜不出，她兀自乐起来，然后告诉我在她小时候，每次考试前都会吃一个特别特别辣的辣椒，这样每次都会考得很好；每次成绩稍有退步，就是因为没有吃那代表幸运和希望的辣椒。虽然这个小秘密听起来不靠谱，但我还是被莹一脸的认真打动了。

按照她说的，高考前那晚，我从那株辣椒上摘了一个看起来最辣的果实，咬着牙把它嚼碎了咽下去。大概真的像她说的那么神，那炼

狱一般的三天安稳顺利地度过了。

后来发榜查成绩的那天，我很幸运地考到了自己的理想成绩，一家人热热闹闹地商量着要怎么庆祝。班主任第二天在群里上传了一份全班同学的高考成绩单，当我看到莹的名字的时候，整个人一下子愣住了。

莹的总分只比一本分数线差了一分。

我试图给她打个电话，想要问问她还好吗，可电话始终无人接听。就连在我们一家人庆祝我的高考成绩时，我也在努力联系她，可依旧无果。后来听母亲说，莹的母亲因为腿受伤，被单位调去了另外一座城市，莹也跟着离开了。

一个熟悉的朋友就这样悄无声息、一句话也没有留就离开了，我不知道该以怎样的心情去面对这样寂静的告别。

毕业时吃散伙饭，莹如我所预料的没有来，身边几个关系不错的朋友，还在为她的成绩感到可惜。

"本来能上重点本科，甚至冲刺清华北大的，没想到最后却……"

听到这句话的时候，我的手不禁在桌子下面颤抖了一下。我想埋怨老天为什么要这样捉弄一个人，为什么要让她来承受这般的命运，可是在这个庞大的宇宙里，作为旁观者的我却丝毫无法改变这一切，只能叹息。

除了莹，没有一个人知道这里面的原因。

四

从那以后，我就再也没有遇到过莹了。那株辣椒年复一年地生长，被奶奶悉心照料着。大三那年，奶奶因为肺癌离世，临走之前她的精神已经有些错乱，某天病发作，一气之下，用剪刀把那株旺盛的辣椒的枝丫全给剪了。

所以当 4 年后，我再次看到这株顽强的辣椒时，我的眼前浮现出两个人的身影：一个是莹当时把种子递给我时的画面，另一个是奶奶歇斯底里地把整株辣椒破坏的景象。

我不明白这中间承载了多少意义，只是感觉到了时间的威力。植物的生长可以重来往复，但一个人可能只会在你的生命里出现一次，可能只会陪你走过很短的一段路。

人在时间面前是渺小的，但在命运面前也同样是无能为力的吗？

之后，我曾听母亲提起过莹的现状，据说她已经嫁人了，现在在当地的一所幼儿园做老师，生活算是安稳。

我有时候会想，倘若那时候的莹按照她所想的和大家所期望的方向走下去，顺利地考上人大，留在北京，现在又会过着怎样的生活呢？

父亲想要把这破旧的花盆和辣椒丢掉，但我执意留下它。我把那株冒出新芽的辣椒小心翼翼地从土里移了出来，然后带回了自己家。

父亲问我为什么，我说因为辣椒代表着希望和幸运啊。

想恋爱的人，请先"背诵全文"

卷毛维安

　　卷毛维安　自由撰稿人，网络电台主播，已出版随笔集《我们的年轻，柔软而硬气》。

1

　　我曾就读的高中有3条"高压线"——作弊、偷盗、早恋。

　　作弊和偷盗不能碰，那是情理之中，但爱情为何可以用发生的时间来评判对错呢？一不偷，二不抢，大家都是凭本事把喜欢的人吸引来，凭什么要为一件再正常不过的事情埋单呢？

　　何况到了春水初生、春林初盛的年纪，心不仅会跳，还会动。少男少女的心多多少少都柔软而潮湿了，但同时又带着一团火焰。要反抗，要发光发热，可除了和试卷厮杀，对着练习册犯难，偷偷翻看一下梦想大学的图片，还有什么事情可以激起我们强烈的热情和斗志呢？

大概是恋爱。

最先冲锋陷阵的一对儿昨天晚上牵着小手在操场上瞎晃悠，刚好被夜跑的教导处主任撞见，这次本应浪漫而刺激的约会以惊心动魄的拷问收场。"高二没有高三学业那么紧张，但毕竟是准高三，与学习无关的情绪都要剔除！"老教导处主任展示着他的威严和特权，把这对小情侣的名字记下。教导处主任的职责就是：先教导，再处理。

第二天晨会，这两张"试纸"就被"挂"了出来，泛起了警告式的红色：男生的脸是气得涨红的，女生的脸是带着泪羞红的。

班上的同学其实大都知道他俩的事，可都噤了声，心疼气愤之余，更多的是无奈。

2

晨会结束是语文课，翻开课本，正好学到《西厢记》里的《长亭送别》："碧云天，黄花地，西风紧，北雁南飞。晓来谁染霜林醉？总是离人泪。"本来紧张的气氛更显得压抑了，同学们愤愤不平：不允许我们谈恋爱，怎么课本上尽是些情情爱爱的桥段？说不让我们早恋，那要我们学这个干什么？这不是自相矛盾吗？更何况，他们不过是拉拉手，什么都没做，怎么就要在全校公开批评呢？

可文科班向来"阴盛阳衰"，女生多的地方嘴碎却又做不出什么实质性的反抗。多亏了班里那几个长得漂亮的姑娘，早早地和理科班的小伙子们结成了"联谊"，得以让文科和和理科生形成了反抗的统一战线，同仇敌忾。

高中生再疯狂，也不过是戴着镣铐跳舞，虽然嘴上说得好，但胆子小，做事也是胆怯而教条的。历史课本上说重大事件总有一条"导火线"来铺陈渲染，那好啊，我们也打算做些什么，让这压抑而无聊的高二生活"爆炸"一下。

经过讨论，我们打算以其人之道还治其人之身，从班主任田老师身上"下手"。

之所以把田老师作为"靶子"，不是因为我们讨厌他，而是从客观的条件出发，是"具体问题具体分析"的结果。原因有三：

一是因为田老师脾气好，我们一般叫他"田哥"。田哥总是咧着嘴笑，胖胖的脸上挂着副眼镜，像干脆面包装袋上印着的小浣熊，只不过这只小浣熊已人到中年。他的笑点很低，情绪很容易被学生们的一举一动牵动，也基本不会批评我们，不死板，不摆架子，对学生很宽容，就算我们惹出什么事情，下场也不会太惨。

二是因为田哥教语文。所有科目中，语文是最浪漫的。数学的优雅在于严密而一丝不苟，英语则更强调一种流畅而热情的感觉，唯有语文是听得懂又看得见的浪漫。没有其他老师比田哥更适合做我们的目标了。

三是因为田老师有"背景"——这个憨厚老实的田哥也是个"情种"，有同学惊奇地发现，课间10分钟他常常站在走廊边，做"极目远眺"思考状。我们以为他的伊人"在水一方"，后来八卦纷纷扬扬，才知道他的目光落在十几步开外的理科班的生物老师阳老师身上。

阳老师让人印象深刻。男生都记得她那一头乌黑的长鬈发、白白的皮肤、细细的声音和苗条的身材。女生则更关注她那每天基本不重样的裙子，阳老师的穿衣风格很少女，蝴蝶结、蕾丝花边、百褶裙，有时候也会穿刺绣旗袍和欧式复古风的大衣。总之，总是踩着小高跟"嗒嗒嗒"的阳老师是我们心中严肃又可爱的"老少女"。

如果有八卦说"田哥喜欢阳老师"，大家不会觉得有什么奇怪，但八卦是这样表述的："田老师和阳老师是夫妻……"

所有人都惊呆了，原来阳老师和田哥早就结婚了。教了我们一年多，他都未曾向学生透露过自己的家事，这两个人不去做间谍真的可惜了。

3

有好事的同学心血来潮，想出了鬼点子，召集大家密谋一个"大新闻"。于是在一个晴朗的上午，课间操刚刚结束，教学楼前的广场上都是自由活动的学生，我们班的同学都有点紧张，表面上风平浪静，却时不时瞟着时钟。

我们的活动其实很简单，虽然简单却足够震撼。

小 D 跑到广播站去点了一首歌。这是我们特地选的一首情歌，为此还专门请教了班上那个喜欢听老歌的女孩子："你说田老师他们年轻的时候流行什么歌啊？"小 D 接过女孩写下的小纸条，从各种各样的歌名中选了一首看起来顺眼的。

小 D 选的是王杰的《不浪漫罪名》。真是个直白、应景、真诚的名字，像是对田老师和阳老师的"公开审问"。

这首歌在周杰伦的《牛仔很忙》之后缓缓响起，此刻田老师站在走廊边晒太阳，有同学刻意去和他搭话："田老师，这是什么歌啊？"田老师皱着眉头开始听。

班上的同学见状，开始起哄了，把教室里的广播调到最大声，王杰略带沙哑的声音通过有些劣质的室外广播传播出来，大家屏住呼吸，等待着歌曲播完：

> 为何不浪漫亦是罪名
> 为何总等待着特别事情
> 从来未察觉我语气动听
> 在我呼吸声早已说明
> 什么都会用一生保证
> ……

此刻广播员的声音传了出来，是温柔的女声："高××班将这首歌送给亲爱的田老师和高××班的阳老师，希望你们能够多秀恩爱，祝你们白头偕老，恩爱一生。"

这是学生对老师的"全校通报批评"。

皱着眉头仔细听歌的田老师忽然慌了神，显然没想到我们会来这一出。他的脸涨得通红，赶忙快步逃回教室，到讲台上假装低头摆弄教案。我们乐了，跟着他追问："田老师，这是什么歌啊？"

他想假装生气，但脸上只写得下不好意思的表情，于是埋怨："你们啊！整天不好好读书，脑子里在想些什么！"

4

上课铃响了，接下来是语文课，我们继续翻开《西厢记》。今天大家都听得格外认真，想看看田老师对这一出"恶作剧"有什么反应。

大家都做好了面对惊涛骇浪的准备，谁知道田老师沉默了一会儿突然把课本合上了，给我们讲了一个细水长流的故事。

他抹了抹眼睛："我认识你们阳老师很多年了。那时候刚来到这所学校，是 10 年前吧，我不是班主任，也没什么钱，你们知道的，我更不是什么帅哥。但你们阳老师是美女啊，那时候更漂亮。我喜欢她，但我也不敢说，就只能默默对她好。陪了好多年啊，她忽然成了我妻子。"说到这里田老师开始傻笑起来，我们也跟着傻笑起来。

"说实话，我是一个嘴笨的人，也不是一个浪漫的人。我们结婚的时候条件一般，婚礼特别简单，但是她从来不抱怨。我们在一起很多年，其实我对她是有愧疚的。"此时，田老师的语气已经从之前讲课时"大江东去"式的干脆不知不觉过渡到了"在水一方"式的缠绵，"现在生活条件好了，我就想着什么都要给她最好的，我们有一个正上幼儿园的孩子，一家三口很幸福。但我还是很感谢同学们，帮我给了阳老师一个浪漫的告白，以后我也要更浪漫一点……"田老师又傻笑起来，穿着他那件朴素的 polo 衫。他总共就那么几件衣服来回穿，但他很开心，不在乎。

个别女同学感动地落泪了，大家有些沉默，沉默过后是热烈的掌声。年过五旬的教导处主任闻声赶来，把我们和田老师一起训了一顿，说应该加强对学生的思想教育。田老师的脸瞬间就沉下来，严肃地说："好的，好的。"教导处主任一走，田老师的脸就恢复了平和的神色。他清了清嗓子："我的故事讲完了，但你们也要接受惩罚，那就罚你们背课文吧。"

"又背……背什么啊？"抱怨声此起彼伏。

田老师严肃地说道："那就《长亭送别》吧，背诵全文。"

5

行，背就背吧，反正我们的目的也达到了。

虽然被罚背课文，但我们挺开心的。大家貌似都忘记最初是为了"反抗"，那种自以为是的小情绪在田老师的故事面前消失不见。

之后的语文课上，田哥时不时会说起他儿子又说了什么、做了什么，但他还是不提阳老师。我们都逗他："不好意思吧？"他还是只会傻笑，像个早恋的少年，佯装不在意，却一脸遮不住的喜悦。

田老师虽不高大英俊，但他憨厚老实、体贴细心，是一个好丈夫和好爸爸，更是一个好老师。在我们那"不知有汉，无论魏晋"的年纪里，他教给我们的不仅仅是语文，还有爱。爱不是知识点，爱也不是试卷、分数和排名。爱是美好的，是珍贵的，是需要一生去践行和经营的。

如今我高中毕业已经3年，也经历过一些感情，偶尔和老朋友坐在一起回忆当年，都唏嘘不已，高中的知识点都忘得差不多了，唯有《长亭送别》还能勉强背出来。我终于理解当时田老师说的"背诵全文"另有意图。当年的"早恋先锋"们如今早就过了早恋的年纪，那时候情窦初开，我们都以为自己很成熟，活得很透，看得很开，其实我们都错了。

其实谈恋爱，就像是背诵全文，是一个缓慢而深入的过程，是需要一生才能搞明白的。

"背诵"是一种从陌生到熟悉、从了解到领悟的过程，而"全文"不是只有几个花哨张扬的词句片段，而是品味、理解、包容彼此长长的一生。

反复琢磨，这是当代人缺少的一种耐心，也是爱情最迷人的光环。

美术老师的手提包

林一芙

　　林一芙　青年作家。已出版《姑娘，你有权活得体面》
等多部作品，并创办女性自我成长微信公众号"林一芙"。

　　我念的中学是当地的农民工子弟学校。

　　除了逢年过节会有"送温暖"的团队到我们学校资助贫困生外，
这个升学率排名总是吊车尾的学校，几乎无人问津。

　　我上中学的那一年，学校操场还没有铺塑胶跑道，冬天跑起步来
会灌进一嘴的沙子。

　　上体育课的时候，老师总是不耐烦地说："你们到楼后面站一会
儿吧。"因为没有训练场地，所有人都只能乖乖地抱着球在窄小的楼
间通道里来回滚。一节课45分钟，对于我们这群有力没处使的熊孩
子来说，是枯燥而乏味的。

　　但这符合大多数人对农民工子弟学校的理解——在这样边缘化的
学校里，孩子能有个书读就不错了，谈什么艺体教育。

我们学校有个美术老师，姓陈。

她教我们的时候很年轻，三十出头，没结婚，养了一只叫 Bobby 的哈巴狗，喜欢穿颜色鲜艳的棉麻衣服，戴夸张的大耳环。在我们这个小城里算是异类。

她的办公桌上除了作业以外，总摆着最新一期的《昕薇》和《悦己 SELF》。每当她带着一身香水味远远走来，牵着孩子的家长表面上向她问好，背地里议论她："瞧那个 30 岁还不结婚的大龄剩女。"

小城里的人不惮用最恶毒的言语来攻击她，因为她从不恼也从不辩解。

家长之间传着她的风言风语。有人说，看见她从一个男人的车上走下来。另一个人就回应道："可不是嘛，30 多岁的老姑娘，还穿得像一个小姑娘似的，不知羞。"周围发出一片"啧啧啧"的声音，其中裹挟着心照不宣，就好像大家都亲眼看见了似的。

她不管那些流言蜚语，依然我行我素，衣服的颜色愈加妖冶浓烈，远看就像一团熊熊燃烧的火。

在我们这所农民工子弟学校，人们从没有见过像她这么固执的美术老师。

快到期末考试的时候，数学老师想要占用美术课评讲试卷。

"排的就是我的课。"

她霸占着讲台不肯下去。抱着一沓卷子的数学老师只得悻悻地退出教室。

我们很少见到美术老师生气，唯一的一次是美术老师要教我们国画，让我们提前准备工具。

我们班有 48 个人，带齐工具的人数只有个位数。

"你们一点都不尊重我的课堂！"美术老师用手指关节敲着讲桌。

她是真的恼了，每一个毛孔都散发出怒气，但她的每一个动作又在尽量抑制自己的情绪："这节课我不上了！"

那时候我们还年少，并不知道是什么导致了老师突如其来的愤怒。

美术老师饱受家长的诟病，学生也无法体谅她的美意，就连我们的班主任都有意无意地让我们离那个"奇怪的女老师"远一点。

但我真的很喜欢美术老师。

一方面是因为我真的喜欢画画；另一方面是因为一个难以启齿的原因：我喜欢她铺满办公桌的时尚杂志、衣服、口红，以及……一个手提包。

美术老师有一个很好看的手提包。包体是撞色的菱格纹，颜色跳脱又扎眼，包带上系着绿白相间的丝巾。

14 岁的我从来没有出过小城，见过的手提包仅限于杂货店柜台里的那些。老旧的款式、拙劣的针脚、劣质的包边，完全无法和美术老师的手提包相提并论。

每次下课铃响起的时候，我都期待着美术老师将包提起。它是那么轻巧，金属扣相互碰撞发出的声响是那么好听，简直令人迷醉。

我开始幻想着 10 年后的自己，也提着这样一个手提包，昂首挺胸地走在人群里。

我想要一个和美术老师一模一样的包——这是我 14 岁时说不出口的奢望。

美术老师每节课都会挑选一些名画，彩印出来让我们欣赏。其中就有波普艺术名家安迪·沃霍尔最经典的《玛丽莲·梦露》——画面中，有色彩斑斓如万花筒一般的玛丽莲·梦露。

全班同学都"咻咻"地笑起来，却又不好意思笑出声来，只能偷偷捂着嘴。

那时候的我已经14岁了，开始发育了。同班的女生对于这件事情避之不及，越来越多的人穿起了松松垮垮的校服，弓着背走路。

为了穿宽松的校服上衣，只能搭配同号码的宽大校裤。女孩们将裤脚卷到脚踝上，然后在雨天的黄泥操场上，裤脚被踩得破破烂烂。

可我不喜欢。

我喜欢裙装的校服，把身体包裹得紧紧的。照镜子的时候，身体侧面就好像山峰起伏般格外好看。

我央求母亲把校服改小一点："衣服大了不好看。"

"什么好看不好看的，小孩子的衣服舒适才重要嘛！"母亲嘴上这么说，但还是帮我把校服改小了。

就这样，我成了全班唯一一个穿着合身校服的人。

我们学校的课间操是由班委们轮流领操的，那段时间恰好轮到我领操，不知道谁传了一句"初二（3）班的领操胸那么大还挺着"这样的话。跳跃运动的时候，其他班的好事小男生盯着我议论："她跳了，她又要跳了。"每当我跳得稍高一些，人群里就会爆发出不怀好意的笑声。

我觉得害怕了，好像自己背地里做了什么见不得光的事。我不敢跳，只能微微地做出一个动作，但背后仍然传来一阵哄笑，令我的脸红到了脖子根。

我开始厌恶这套校服。我暗暗发誓，回家之后就把它永远压在箱底，再去买一套和大家一样松松垮垮的校服，这样就不会被人取

笑了。

那天下午，我去办公室拿美术作业。和往常一样，全班48个人，只有20个人交了作业。

美术老师正在接电话，让我先坐在她的座位上。我坐在她的凳子上，穿着改小的校服，梦想中的手提包近在眼前。我忍不住偷偷地伸手摸了摸，手感是沙沙的，和母亲在折扣店买的几十块一个的包完全不一样。做完这蓄谋已久的举动，我感觉自己就像一个得偿所愿的小偷。

美术老师打完电话，余光瞥到我改小的校服。

"改得好看。"她不经意地说。

可这四个字，好像敲在我的心上。

"尽管我和别人不同，但我是好看的、漂亮的、令人欣赏的……"这种从未有过的念头，突如其来地冲进了我的脑海里。

我战战兢兢地说了一句一直想说的话："老师的包真好看啊，我也很想有一个。"

"这个包很难买到了。"她拿作业的手在半空中停了几秒，好像从未想到有人能欣赏她的品位，"你很喜欢吗？"

听到这句话，我掩不住失望，但仍木讷地点了点头。

她像是个受宠若惊的小孩，还有几分"我也是这么觉得"的得意，随即把包上的丝带摘下来，递到我手上，说："不用失望，虽然包买不到，但这个丝巾送给你吧。"

我得到了梦想的手提包上的一条丝巾，如同做梦一般。

中考的前100天，学校举行了一个誓师大会。那天我穿着改小的校服，偷偷地把美术老师给我的丝巾系在脖子上。

我昂着头，觉得自己很美。

班主任在台上痛心疾首地说："你们要把头磕破了念书啊。我们跟别人拼不了师资，我们拿不到最权威的预测考题。你们只能靠自己拼啊……"

我下意识地把手伸进脖子里。丝巾上带有体温，别人看不见，可我自己可以感觉到。

此刻的班主任也不再面目可憎，而是圆乎乎的有一丁点儿可爱。我抬眼一看，突然有一种神奇的幻觉：班主任的形象就好像安迪·沃霍尔的画，一下子变幻出朦朦胧胧的 7 种颜色——一会儿是铁青的，一会儿是惨白的，一会儿是鲜血一样鲜艳的红……

当我欣赏自己，我开始觉得整个世界都美得像一件易碎的艺术品。

我的中学时代，距现在已经 10 年了。

前一段时间，我有幸受邀参加了波普艺术真迹珍藏展的开幕式。揭幕的瞬间，我好像又回到了中学时代的操场上。

那个白净消瘦的美术老师，提着绿白相间的手提包站在黄沙漫天的操场上。

"无论何时都要坚持自己，不要因为畏惧人言，而敷衍自己的人生啊！"她伏在我耳边说道。

她在疲惫的世界里活得像个姿态昂然的女英雄，撞向每一堵坚硬冰冷的墙，哪怕头破血流，也依然生猛——尽管在那个闭塞年代的学校里，连坚持美都是一件无比困难的事情。

但她的的确确用一只手提包，影响了一个女孩的 14 岁。

就像电影《熔炉》里说的那样："我们一路奋战不是为了改变世

界，而是让我们不被世界改变。"

我们终其一生都在努力寻找一个理由，让生命不被最后一根稻草压垮。哪怕一路风尘仆仆，哪怕被人看轻指责，我们仍旧是为了享受美而活在这个世界上，而不仅仅是在制造"活着"的假象。

穿在校服里的青春

刮刮油

刮刮油　一个写字者。用自己的视角观察生活，用文字记录，希望能把生活的温暖打包成暖宝宝，待自己老后拆封，焐手暖脚。

　　我的青春，很大一部分是跟校服联系在一起的。

　　这件事说出来有点令人沮丧，因为谈及校园青春，总该有点更深入人心的东西才好——操场、课堂、同桌、单车，以及大把的时光和对未来的期望。但我既不是学霸，也不是学渣；既不是校草，也不算奇葩——以上这些角色在校园青春小说里或多或少能占上一部分篇幅，然而我一点儿也沾不上边儿，于是我的青春就只好被一些小细节填满。有的人吃饭吃到饱，我喝汤溜缝儿。

　　我之所以对校服耿耿于怀，是因为我与它的相遇是走心的。

　　我上学的那个年代，小学时还没有校服——大家穿得一样是因为实在没什么可穿的，一水儿秋衣厚度的蓝色白条运动服和白色绿底网

球鞋，区别就在于谁的网球鞋大白抹得厚。所以进了中学连发三套统一的校服，让我一时惊为"天服"，其面料和板型都不可与野路子的运动服同日而语，摩挲间一阵激动，我的内心涌出一种从民兵连调入正规军般的自豪。

我当年总听母亲抱怨我穿衣服太费，她挣的工资全给我买了衣服。听得多了，我就真以为我们家特别穷，颇有点"穷人家的孩子早当家"的成熟。每次裤脚磨破时我的眼睛都泪汪汪的，觉得自己对不起爹妈。我记得一天抱着校服跑回家，冲着母亲咧嘴笑着说："妈，上中学真好，还发衣服呢，发了三套！这下你不用担心我穿衣服费了。"我母亲说："你以为这些衣服是白发的？做梦啊！这些都是咱们自己花钱买的。"她一句话就打破了我"上了中学有能力贴补家用"的自豪感。

我们的这三套校服，两套是夏秋运动服——运动服属于校服的标配。没什么可说的，唯有一套制服，当年在北京的中学生圈子里拔了尖儿。

当时，学生有制服的学校本就不多，有跟我们一样制服的学校就更少了。

我初中就读的学校前身是贝满女中，是美国基督教公理会创办的，是北京近代较早引进西式教育的学校，历史悠久、气质独特。比如在我的印象中有一次校友会相当霸气，我认为全中国最有气质的老太太都来了，这让我这个在新社会的阳光照耀下得以在女中上学的少年骄傲无比。

如此特别的一所学校，校服自然不能落了俗套。男生的制服是一套藏蓝色金扣中山装，女生的制服是蓝白的水手服。这是什么概念？

集体活动时简直帅极了，每个男生都成了浦饭幽助，身边都站着一个水兵月。

穿上特别板正的制服总让人有一种仪式感。我第一次穿这身制服出门的时候特别严肃，见人不理，一脸要去拯救地球般的肃穆。几乎人人看见我都要来一句："嚯，整个儿一个五四青年。"按说这个光荣称号值得我骄傲一下，但彼时我所听到的"几几"组合大多来自土匪分钱的黑话和对发型的描述。比如三七头、二八偏分之类。我们这帮孩子受港台歌星的影响，人人都模仿郭富城把自己的头发分成一个大中分——当然我跟他们不一样，我比较有个性，我觉得自己就是郭富城。于是当我听到"五四青年"这个评价时，我首先想到我是不是头发分缝分歪了；又一想，这"五四"加一起是九，少那一绺是什么意思，又担心起自己是否谢顶了。

这身衣服让我在跟小学同学碰面时出尽风头，这些原来和我平起平坐的穿着运动服的同学，在我面前都被迫挂上了一层跟班小弟的味道，后来我穿上这身校服时大家都不再跟我玩了。还有一个熟识的孩子的哥哥看上了我的校服，硬是叫了几个人劫我的校服，我拼死反抗，连撕带咬地以一敌三，满脸是血地保住了校服。那阵子大家都说我疯了，为了一套衣服连命都不要了。

我可能是全北京最爱校服的男同学。

说到这身校服，还有一段趣事。当年我变声晚，在一群"公鸭子"里凭借百灵鸟一般的嗓子混进了校合唱团。那届合唱团的实力很强，参加了全市合唱比赛，竟一路高歌挺进决赛。学校领导对决赛很重视，认为比赛不论输赢，都要有较好的精神面貌，所以必须统一着装——统一的意思是男女制服要完全一样。

　　我是一个心眼特别好的人，马上就替女生们操心起来：女生穿男装，是否会丢了那份柔美呢？我又在脑中幻想了一下女生身着中山装的样子，倒也觉得挺英气逼人，不让须眉，于是我欣慰地笑了，在我的笑容里，教导主任进门宣布："所有的男生必须穿女生的水手服！"

　　谁说好人有好报?!

　　后来的事我一直不愿意提。我这身板是练过田径的，虽不胖也不算瘦，好不容易找了个合适的号码，吸着气儿还是穿出了"金刚芭比"的味道。我看着镜子里那个头发中分、衣服紧绷的我，欲哭无泪。教导主任看着我，咬着牙说："你们看看，不要抵触嘛，穿上水手服的效果也是很好的。"说完他快步向外走去，抖动的背影还是暴露了他的内心。

　　那场比赛的照片我一张也没留。

　　后来，我高中考了出去，本想把校服留作纪念，但没料到这身让我视若珍宝的校服竟被我母亲捐了。我心疼不已，但事已至此，只得安慰自己，放在柜子里也是虫吃鼠咬，捐给需要的人也算老伙计物尽其用了。我幻想着一位严肃的"五四青年"穿着我的校服在山林里奔跑，便感觉我的校服温暖了，他继承了我的"衣钵"，我这才略感安慰。

　　我上高中时关于校服的经历就不太美好了。

　　我所就读的高中也是一所很优秀的老校，所以对校服我还是有所期待的。虽不敢奢望有中山装这种有腔调的服饰，但运动服应该也是有模有样的。

　　然而我们那届学生的校服突然由运动服改成了灰绿色的夹克衫和黑色西裤。夹克衫除了颜色深受中老年男性的喜爱，板型也是标准的中年人板型，肥而且垮；西裤则跟夹克衫的气质相当匹配，绝不会让人只显得上半身臃肿。夹克和西裤的组合，成功掩盖了高中生的青春气息，给少男少女镀上了一层未老先衰的色彩。

有一回，我穿着这身校服去饭馆吃饭，与一对母子在狭窄的走廊上相遇，我侧身谦让，孩子特别有礼貌，一鞠躬脆生生地喊了一句："谢谢大爷！"我没法接话，脸部抽动得如同让哪吒抽了筋的敖丙，答应不是，不答应也不是。得亏孩子的母亲看出我脸色不对，连忙不好意思地厉声纠正道："这孩子！叫什么呢？比你爸爸岁数大的人才能叫大爷！"听到这里我心甚慰，大一岁是一岁，成年人还是有眼光的，我几乎飚出感动的泪花，结果她见状随即补了一句："你得叫叔叔！"

那年我上高一。

直到现在，我仍旧对校服情有独钟，怀着那些美好的、遗憾的回忆，走在路上，遇到那些身穿校服的俊美的少男少女，还是会多看几眼。在他们身上，我看到那种压抑不住的鲜活的生命力在绽放，他们的人生正朝着最美好的方向前行，有无限可能。我不知道当下的他们是否珍惜穿着校服的时光，因为跟校服有关的那些日子，就是青春。

我的高考，那些现实的获得与遭损伤的天性

章 红

章 红 毕业于南京大学中文系，文学硕士。现任职于江苏少年儿童出版社。已出版《放慢脚步去长大》《那年夏天》《白杨树成片地飞过》《对幸福我怎能麻木》《你吸引怎样的灵魂》《慢慢教，养出好小孩》等多部作品。

30多年前，身为高中生的我，最擅长的就是考试。每次埋头在试卷上奋笔疾书，都有打一场仗的兴奋与专注。考试结束后的分数与成绩排名就是战况与战绩，我深陷其中，为名列前茅心怀喜悦，为名次退步黯然神伤……那是一种精神极度贫乏与不稳定的状态，我异常挣扎。

我觉得经历过高考炼狱还能保持平常心态的小孩，都挺了不起的。

然而另一个事实也毋庸置疑——我是应该感谢高考的。18岁之前，我生活在一个边城，没有高考，我不可能离开那里。我今天拥有的生活，追根溯源，都跟 30 多年前的那场考试有关，是那场重要的考试，让我在阶层的梯子上攀爬了一格。

我不会轻描淡写地说高考不重要。因为是这场相对公平的考试助我实现了地域与阶层的流动，帮我获得了起步之初的生存资源，让我的人生有了一个体面的起点。

而我的付出与代价，也只有我自己才能明了。

20 世纪 80 年代中期，我考入南京大学化学系。那时还是全国统考，那年理科数学试卷的难度，据说迄今为止尚未被超越。那一年全国理科考生的数学平均分是 25 分，而我考了 97 分。我的数学一直很好，因为我做过那么多数学题，无论碰到什么样的题目都不至于一筹莫展，总能写出几个解答步骤赢得几分。

但是上大学以后，我发现自己学不会高等数学。前不久跟女儿聊天，她还语带惊讶："我不理解你为什么学不会微积分，那并不是很难啊……"

学不会的岂止微积分——其实也不是真的学不会，而是上大学之后，我就丧失了学习的愿望与动力。高中三年已经彻底透支了学习兴趣，伤损了心性，我的内心近乎干涸，生活变得了无生趣。

高中三年，似囚笼中的生活，我既是囚犯，又是看管自我的狱卒。生活的全部内容就是为了一场考试，听课、复习、背诵、做题、考试……无限循环，日复一日，把自己锻造成了学习机器。

那时，生活中没有任何快乐：没有求知的快乐，没有玩耍的快乐，没有人际交往的快乐，没有徜徉于自然的快乐，甚至连睡眠的快乐也不能心安理得地享有。我和我的同学压缩一切出于人性的需求，把自己交付出来，交给一种功利化的学习生活。

在心智最应该得以成长、情感最为饱满丰富的年龄，我们却只是一味地压抑天性，否认与生俱来的自由意志，人就这样一天天地僵直木讷了。

人毕竟不是机器，单调枯燥的生活过久了，内心会有干涸感，会产生"越狱"的渴望。我渴望读书，漫无目的地读，读优美的文字，读不为考试的无用之书。一首诗、一篇散文或一部小说，就像溺水的人挣扎着浮出水面后呼吸到的一口氧气。

当我知道在 20 世纪 60 年代，村上春树还是一名初中生时，家里便为他订了一册《世界文学》、一册《世界文学全集》，他一册接一册地看，如此送走了中学时代，真是有说不出的羡慕。

每一次短暂"越狱"，都会受到自我的严厉谴责。当别人都埋头苦读的时候，你却在读一本小说，你会觉得自己是个罪人——糟蹋时间，辜负父母，可能还会自毁前程。

犹如一只惊慌怯懦的兔子，被某种莫名的东西追赶，在时光原野上狂乱地奔跑——我后来想，那莫名的东西到底是什么？应该就是恐惧吧。害怕被社会甩下，害怕与主流的价值观格格不入，于是拼了命地凭着那种半生不熟的能力奔跑、奔跑……

多年以后，我读到张曼菱在北大的演讲稿：

> ……你们能够考入北大的那种因素、那个分数，其实并不是那么光荣，那么有力量，那么有积极意义的。相反，它是一种消极的标志。

> ……是你们比你们的同学更能够接受压抑、配合压抑……压抑了你们青春的个性。是这种对压抑的服从，使你们成为考

试机器，使你们得了高分，进了北大。我称之为'压抑的胜利'。你们赢了吗？

看到这里，我几乎热泪盈眶，这么多年了，终于有人说出了我隐约感受到的东西。

实际上，从高三开始我就严重厌学了。

高二下学期，我们已经学完高中阶段所有课程，高三整整一年都用来复习与巩固知识。为了确保高考这最后一战，这样的安排大概是聪明妥当的。说起来十分幸运，我的主课老师都是"文革"前入学的大学生，因为那个特殊年代被下放到边城。班主任是天津人，教数学，他对课程的规划与推进成竹在胸，讲题时逻辑清晰，我良好的数学成绩多半得益于他。

老师像出色的教练，对我们进行了卓有成效的训练。他改变了班里很多人的命运，说不感谢老师是不可能的。

但是，我还是在高三厌学了。做不完的试卷，讲不完的题目，上不完的自习……无穷无尽地重复，反复演练以保证熟能生巧。夜晚，日光灯在头顶嗡嗡作响，笔尖在试卷或作业本上嗒嗒跳跃，除此之外，教室里一切都是沉寂的。我想冲破这种巨大的威压，如同一棵草妄图顶开巨石。

整个过程，像一场被迫参加的长跑比赛，肺部因为缺氧仿佛要爆炸了，终点却还遥不可及。平时我的排名都在班级前三之列，高考成绩出来我是第五名。也就是说，经过一年的复习巩固，我的成绩呈退步趋势。谢天谢地，高三只有一年，要是时间再长一点，我怀疑我就考不上大学了。

多年以后，我从女儿身上看到她起伏的学习状态：小学时代是在玩耍与快乐中度过的；初一很有信心地投身于中学这个新环境，超级努力，进步飞速；初二平稳正常；但到初三，这股子劲儿绷不住了。她本身就是一个对重复枯燥的事物耐受力很低的人，没完没了地做题、大大小小的考试以及将要来临的中考压力让她厌倦烦躁，经常不好好完成作业，早上第一件事就是跑到教室抄作业。

我从自己的经历知道，人不是机器，情绪起伏、成绩起伏都是特别正常的事情。如果那时候我们就很紧张，把恐慌传递给她，责备与管控她，情况只会变得更糟糕。

事实上，许多孩子在那种高强度的学习中都会出现轻重不同的厌学心理，濒于崩溃乃至当真崩溃的也大有人在——她的班上就有同学把作业本撕成碎片，在桌上堆成一座小山。

孩子厌学很可能是一种自救的方式。外界的要求与其天性之间已经处于剑拔弩张的状态，如果自身再给自身加压，弹簧超过弹性限度，生命将遭到某些难以逆转的损毁。

女儿曾坦言："我感谢我会厌学。"中考，女儿考了一个相当棒的分数，但她再也不想像初三那样度过高中三年，于是选择了国际班。那时候，人们对国际班还存有偏见，觉得只有成绩不好的学生才去读。她不理睬这些非议，放弃南师附中而上了国际班。

国际班固然有国际班的辛苦，但比起备战高考来还是人性化许多。后来女儿屡屡说起，正是因为高中三年得到休整，她才有能量面对大学四年的挑战。

大学四年，她简直像一个无坚不摧的战士，从入学奋斗到毕业，几乎从未有过松弛。

对于有血有肉的人而言，热爱——厌倦——休整——重新出发是最正常的人性反应。意志是一种稀缺资源，当对意志的压抑、消耗、剥夺过度，人就会感到不适，厌倦就是不适感最常见的表征。

实际上，厌倦是一种消极反抗。它提醒你已经身处悬崖边缘，它逼迫你去做出新的选择。这个选择可能很不寻常，也未必导向成功，但对于身为独特个体的你，那是种顺应天性的召唤，让你迷途知返。

接着说我自己的高考。我考入南京大学化学系，然后发现每天都很难熬。18岁的我每天都在想：我的一辈子就要这样过去吗？永远没有机会去读我想读的书？永远没有机会去尝试写作的梦想？进大学的新鲜喜悦未及体会，我先感到了绝望。

有一次到别的寝室通知一件事儿，看到一个同学桌上放着从图书馆借来的一本小说，我忍不住就看了起来。总觉得它随时会被人拿走，我的眼珠快速地从左扫到右，又从右扫到左。

一个女生说："你看书的样子很贪婪。"

回想一下，在心思最彷徨善感、头脑最如饥似渴的年月，我都是"饿"着的，这一不留神就显出"贪婪"来了。

这种"贪婪"最终促使我下决心，转到了心心念念向往的中文系——我要感谢20世纪黄金的80年代，那个时代，以及我身处的南京大学，都有一种开放宽容的风气，愿意为学生提供发展自我潜力的环境。

到了中文系，我过上了日日可以看小说、看闲书的生活。当时宿舍有6个女孩，根据个人看书的嗜好分为港台派、山药蛋派、先锋派，一个酷爱哲学的女孩荣膺"穿裙子的尼采"称号。我是名著派——概因我在宽仅90厘米的单人床内侧搁了一块木板，上面全是

托尔斯泰、卢梭、狄更斯、罗曼·罗兰等作家的作品。

我们还愿打愿挨地订了个室规：周末必须关在寝室写作，交出文章才许出门。我们很肉麻地把写文章的事叫作"杜鹃啼血"，坐在拥挤的宿舍里，像中学生写不出作文一样咬笔杆，写几行甓甓人家，不时询问一下："你'啼'出来没有？"

文章写好后，大家共用两个笔名：一个叫贝禾——取"稿费"两字的偏旁再左右交换一下；一个叫火鸟——取"烤鸭"的偏旁，预备拿了稿费去吃烤鸭。之后，委派两个女生拿到报社去投稿。

那是最愉悦轻松的一段读书生活。至今我对中文系心存感激，觉得那是天下最好的科系。

回想起青春时代的道路，"我已给过攀爬，我已悬崖勒马"。我也感谢我的厌学，虽然当时它给我带来了极大的痛苦——只要这个痛苦没有杀死你，就会转化成自省的力量。

面对"不公平"的正确姿势

曾　颖

曾　颖　媒体人，作家，先后在《南方周末》《羊城晚报》《新京报》等多家报刊开设过专栏，曾获得"夏衍杯"电影剧本大奖和冰心儿童图书奖，有多篇作品入选各级教材和选本，已出版《别不相信微笑可以救你的命》《爸爸妈妈的青春》等作品集 10 余本。

初中时代，我是一个如假包换的学渣，学习成绩总是在班级倒数排行榜的前三位，数理化、史地生，每科成绩都"渣"得让老师不想承认教过我。其中，又数英语最糟，毫不夸张地说，如果试卷是全英文的，我甚至不知道名字该写在什么地方。

老天爷为人关上一道门时，必然要为其留一扇窗。在为我关闭了所有的门之后，给我留了一条小瓦缝，那条瓦缝，就是语文——确切地说，只是作文。我的语文基础知识，拼音组词、文学常识、划主谓宾定状补，一如我的其他学科一样，烂得惊天地泣鬼神。

　　我写作文的"天赋"，来自从小就养成的爱说话的毛病。我那信奉"沉默是金"的父亲，经常苦恼于我那张"把麻雀都能哄下地"的小嘴。也许是见过太多的祸从口出，他对我充满了担忧和焦虑。当然，这对于我性格的改变也没什么作用。倒是有一段时间，社会上流行高仓健的范儿，女生们觉得男人应该刚毅沉默才酷，于是我咬牙切齿地学人家不说话、只瞪眼。结果没引来女孩子关注，倒差点憋出内伤来。

　　我写作的另一个优势，来自对小人书的迷恋。这在当时也不是什么优点，特别是在我那教数学的班主任看来，这简直是十恶不赦，他认为我身上所有的毛病，都与之相关。

　　爱读课外书且喜欢说话，让我写的作文，尽管常有错字别字，卷面也不怎么整洁，但总能引起语文老师的关注和喜爱。从小学二年级有"看图说话"开始，教过我的语文老师，总爱把我写的文字当成范文念给同学们听，哪怕是检讨书，都能得到满意和赞许的眼神。这是我得到过的与学习相关的不多的喜悦，像星光一样散乱微弱，我却将它当成骄阳。

　　仿佛阿Q被众人夸"真能做"之后的得意，我对自己的作文，是有点飘飘然的。就像家里仅有一件银器的穷人，总是将银器擦得油光锃亮，随时想拿出来"亮瞎"别人的眼睛。殊不知，这样的货色，别人家里成筐成堆，连擦拭的兴致都没有，更遑论炫耀。

　　那些日子，我就像哈利·波特坐在看得见自己梦想的镜子前，被自己想象中的虚幻影像迷醉着，忘记除了作文，还有别的学业。仿佛是一个偏食的小胖子，除了大汉堡，什么都不吃，任由自己变得臃肿而扭曲。

就在这个时候，我迎来了人生中第一场暴击，其冲击力度，至今想来，还隐隐有牙痒之感。

那是初三上学期，学校要举行一场作文大赛，为全县中学生作文大赛选拔人才和作品。如果换成别的比赛，我甚至连打听的兴趣都没有，因为那都是别人的菜。

但作文不一样。因为有过几次作文被当成年级范文的经历，我理所当然地以为，这场比赛，就是为我设的一个擂台，我要在上面拳打少林、脚踢武当，成为一个独孤求败的英雄。

比赛的日期一天天临近。

但班里的气氛却并不浓烈，主要原因是语文老师出差了，班主任对此事没有足够的重视。直到比赛前一天，他才在班会上轻描淡写地说了这么一回事，然后叫了几个人的名字，让他们第二天带上笔到学校礼堂去参加作文比赛。其口吻，就像是让人带上扫帚去参加一次例行的义务劳动。

那几个人的成绩在班上算是靠前的，但论作文没一个能令我服气的。我像一个满以为能稳得冠军却连入围资格都没得到的选手，悻悻然有一种强烈的受挫感，心里只有三个字：不公平！

输在起跑线上与被排斥在起跑线外，是完全不一样的。至少前者参与过竞赛，而后者连参与机会都没有。

在羞愤与不平中，我度过了煎熬的两天。不仅要忍受自己内心的不平与不服，还要承受同学们动机不明的问询和安慰。这个时候，所有的关切，在我眼中都是一样的阴损和不怀好意。我的眼睛像戴了一副墨镜，将整个世界都看得暗淡而丑陋。

作文比赛如期举行，学校大礼堂里摆放着临时从各班抬去的桌

凳。上百个从全校选出的作文达人，得意扬扬地去参加比赛。他们也许并不那么得意，是嫉妒与醋意，让我觉得他们一个个都可恶得脸上洋溢着春风。

我像一匹孤狼，用阴冷的目光看着远处由喧哗到安静的赛场，像看一群笨拙而愚蠢的小羊。世界上最蠢的人，就是那种以为自己聪明而别人是傻瓜的人。但当时的我，并不知道这个道理。我只是在心里暗暗发狠："看你们写得出什么像样的东西！"

那是我人生中第一次体验到时间可以过得极为缓慢。我在礼堂对面的篮球架和花台之间晃悠着，尽量装得若无其事。而我的内心充满了愤怒与不平，总觉得此时此刻，天下所有的不平，都实实地砸在我弱小的肩上。我感受到了被孤立和被抛弃的感觉。这种感觉，我在5岁时体会过。那一天，邻家的叔叔做了一个秋千，挂在屋梁上，让除我之外的所有孩子，尽情地玩耍。我当时羞愤异常，用拳头，对，是拳头，砸了他家的玻璃窗。愤怒，让5岁的拳头充满了难以想象的破坏力。

在礼堂外坐立不安的我，看别人比赛的心情与看别人荡秋千时没两样。我也曾想去搞几个马蜂窝或几坨牛粪扔过去，或在不远处扔个石子或搞个什么响动，但都没干。并不是13岁的我比5岁的我多了多少法规和纪律意识，而是周围太空旷，作案之后跑不掉。被抓住了，受处分甚至被家长揍事小，被别人知道了我的在乎和恼羞成怒，才是最难受的。

我才不让他们知道我在乎呢！

我背起书包，气呼呼地冲出校门。但我的眼睛，似乎已丢落在礼堂里了，不论走在哪里，眼前都是同学们奋笔疾书的场景，以至于妈妈做了我最喜欢的红烧连肝肉，也被我无视了。

那晚，我心里乱糟糟的，总觉得不搞出点什么就心绪难平。我撕掉了心爱的小人书和作文书，将它们点燃，任风将它们吹成一只只愤怒的火鸟，险些惹出一场火灾。惊魂未定的邻居向我妈投诉。一向信奉"黄荆条下出好人"且容易愤怒的妈妈，这次却粗中有细地看出了反常——我毁的都是自己最心爱的东西，这表现跟生无可恋的绝望者很像。

她苦口婆心地问了半天，我挤牙膏似的道出原委，并且咬牙切齿地发誓，从此再也不写作文了，反正也不受待见。

妈妈笑了笑，说："世界上有两种人，一种是别人瞧不起他，他就破罐子破摔地干蠢事，让人更瞧不起；另一种人则是，你瞧不起我，我偏不让你说中，我偏要活成与你的误解和敌意相反的样子。这是蠢人和聪明人的区别。你今天的表现，很像前者……"

依我妈的知识和见识，这段话完全是超水平发挥。我甚至认为，这是冥冥中哪位想让我明白这个道理的神灵，借妈妈的口把道理讲给我听。很幸运，这些话没像妈妈说的别的话，成为我的耳旁风，而是流入我心中，生根发芽，成为我的人生观。在此后的大半生里，每当我遇到此类事情，这些话就会闪现于我的脑海。

那天，我没继续烧书，也没放弃作文，而是凭记忆把礼堂黑板上的作文题目写下来，卡着时间不翻资料，认认真真地写出一篇来。星期一交给语文老师，请她斧正。她当时正在为自己出差没来得及安排作文比赛名单，致使本班竞赛颗粒无收而大为光火，一看我的作文，更是喜怒交加，她摸摸我的头以示安慰和鼓励。于我而言，这比得了奖还开心。

事后回想，班主任作为一个数学老师，对全班五十几个人的作文水平不了解，是正常的事。我的被忽视，并不是什么刻意而为的不公平和被歧视，而是因为自己还没有优秀到不容忽视的地步。要想不被班主任忽视，最重要的是把总成绩提起来。那段时间，我比任何时间都努力，稍有松懈，就会想起那场作文比赛和妈妈的那段话。那学期，我取得了历史性的进步，从 53 名，上升了 36 位，成为第 17 名。除了英语和数学欠债太多积重难返，其他科目，居然奇迹般地及格了。

班主任让我在班会上交流学习经验，我红着脸支吾了半天，什么也没说出来。

那个为我推开一扇门的人走掉了

陶瓷兔子

陶瓷兔子　文艺与理性兼备，傲娇和有趣共存，解局情绪化，专治玻璃心，开设了微信公众号"天天成长研习社"，已出版《决定你上限的不是能力，而是格局》《所有的成长，都是因为站对了位置》《成熟》等书。

初二那年，因为父母工作调动，我离开生活了13年的南方小城，转学到西安。

变化来得太突然，只有一所普通中学愿意接收我。我的班主任是个30多岁的矮个儿女人，她从近视镜上方的空隙中瞅我："你就是那个从黄冈中学转过来的女娃？"

得到我肯定的答复之后，她笑了一下，用那种"今天天气不错"的随意语气说："给你个班长，你来试试吧。"

我妈很开心，觉得老师很照顾我，有个班长的身份，我也能更好地融入新集体。回家的路上，我妈还特意拐进超市，挑最贵的糖买了

一大包，叮嘱我一定记得分给大家。我被我妈为安抚我而刻意表现出的乐观所感染，也逐渐将对未知的惶恐抛之脑后，开始兴奋地规划起新的生活。

可我们忘了同一件事——树敌莫过于捧杀。当我给大家发糖的时候，一个女孩将我给她的糖拨到一边，半是挑衅半是轻蔑地用方言说了句什么。我初来乍到，陕西的方言一句也听不懂，只好硬着头皮用普通话回问："你刚才说什么？"

"连话都听不懂，还当班长呢，丢不丢人？"这次她换了普通话大声说出来，跟她关系好的几个人立刻发出起哄的嘲笑。事后，我同桌悄悄告诉我，那个女孩就是之前的班长，干得好好的，老师却连招呼都没打就换了人，这才拿我出气。

开学第一天，我就已经树敌，而那时我还不知道这只是个开端。

我们的班主任是数学老师，上课的时候总习惯使用方言，我因为听不懂，只好在课上低着头看书做题。两个礼拜之后，她把我叫进办公室责问："上课为什么不听讲？你是对我有意见？"

我小心翼翼地用最婉转的语言表达了自己听不懂方言的事实，可换回的不过是一句："我教了这么多年书，别人都听得懂，就你听不懂！别以为自己是好学校转过来的就矫情！"

我没法儿辩解，只好花更多时间预习、复习，可对一个刚满14岁的小孩来讲，靠自学能理解的内容毕竟有限。我一向引以为傲的数学成绩在期中考试之后开始不受控制地下滑，我学得越来越吃力。

那是一节再普通不过的数学课，班主任在黑板上出题让我和另一个同学上去解答。我至今记得那道题是关于三角形平分线的。那个同学在我身边运笔如飞，我却一点头绪也没有。背后同学们的视线像是个放大镜，而我就是那只被聚焦对准阳光的蚂蚁，只觉灼热，却半分动弹不得。

下一秒，我就被班主任揪着校服拉到了讲台前。她一手拉着我，一手用板擦敲着我的肩膀。

"好学生，这就是黄冈转来的好学生！这么简单的题都不会，你怎么配当班长？"

板擦敲得不重，但每敲一下，都会有五颜六色的粉笔灰扬起来，落在我的头发和校服上。因为我的出现而被剥夺了职位的前班长，在下面附和着班主任大声起哄。我在一片细碎的哂笑声中落下泪来，却只换来变本加厉的嫌弃："我说错了吗？你还有脸哭！别以为你是名校来的就了不起。反正我讲课你也不听，以后上数学课就给我站到走廊里去。"

我的自尊像是一颗掉在地上的紫葡萄，被她毫不留情地踩出黏腻的汁水。我对学校的厌恶感很快从数学蔓延到其他科目，各科成绩一跌再跌，而我也成为班主任每次班会上都会拿来批评的典型。前班长笼络了一群亲信，整天对我冷嘲热讽，给我起难听的外号，编造各种恶毒的谣言。

被欺负的事我无法跟父母开口，一是怕他们担心，二是怕被反问一句"为什么人家不针对别人，只针对你？"14岁，正是崇拜权威和迷信集体的年纪，觉得老师不会错，也觉得大家不会错。可如果他们都没错，那错的又是谁呢？

我在这里没有朋友，那时又没有手机，跟远在千里之外的好友通信毕竟不便，几乎每天晚上我都是哭着入睡。学校的顶楼都上了锁，我就在放学的时候仔细观察校门口的车流，默默思考着在哪个时机从

哪个位置冲进去，就能一了百了。

现在想来有多幼稚，那时候就有多想死。就在我第 N 次站在路口看着车流的时候，有人在后面喊我，我回头看到体育老师老张。

老张快 50 岁了，身板像座铁塔，总是不苟言笑，上课从来都是"800 米跑——蛙跳——自由活动"的"三板斧"，除了不得不开口的指导，一句话也不多讲。

他叫着我的名字，而我像是有好几百年都没听到过有人叫我的名字了——同学中没人理我，老师们说起我都直接用"黄冈来的"指代。

可我不叫"黄冈来的"啊，我也有名有姓，我的名字很好听，那是父母对我未来的期许。

粗线条的老张大概不明白，他不过是叫了我一声，我为什么就站在马路牙子上哭成了泪人。但他还是什么也没说，看着我一边哭一边跑远了，自己也就回了学校。第二天上数学课，我又像往常那样被罚站在走廊上，老张慢悠悠地踱过来，示意我跟他走。

"李老师会骂我的。"

"你不管，我跟她说。"

数学课常是早上的第一节，操场上还没有班级来上体育课，整个操场空空如也，只能听到风吹树叶的声音，和远处教学楼里依稀的书声琅琅。

"跑跑吧。"老张说。不等我回答，他就在我前面自顾自地跑起来，速度不快，在等我追上去的样子。可当我追上他的时候，他又总是一句话不说。

老张以"培养体育特长生"为借口，帮我逃过了丢人现眼的罚站，而班主任巴不得眼不见为净。于是，每到该上数学课的时候，我都会跟着老张去操场。他很少开口说话，我也不知该说些什么，我们沉默着在操场上绕了一圈又一圈，有时是走，有时是慢跑。

记不清是从什么时候起，老张开始给我带书，一开始是门口报刊亭里《读者》《青年文摘》之类的杂志，然后是《哈利·波特》，再是《飘》和《百年孤独》。

还有什么比书更适合做孤单少女的朋友呢？我带着一知半解的好奇扎进书的海洋，看到哈利被舅舅、舅妈欺负时会跟着哭，看到斯内普是如何深爱着莉莉，也看到布恩迪亚家族是如何在时代洪流中沉沉浮浮、辗转挪腾的。

我不知道那些书我看懂了多少，可它们像一架通往光明的天梯，一点点引领我走出眼下的泥沼。我又开始向往未来，幻想自己是《基度山伯爵》里的唐泰斯，咬牙想着如何报复班主任和那些诋毁我的人。

我的基本功不差，在摆脱了情绪的困扰之后，成绩迎头赶上并不难。连着两次月考，我都考了第一名，联考的时候更是甩了第二名30多分。

校领导安排我在升旗仪式上讲话，我走下来的时候迎上班主任尴尬又虚伪的笑容，她说："我一开始就说你有出息，毕竟是黄冈来的，还是不一样。"

那是我曾经无比渴望的肯定与赞扬，可现在我一点也不在乎。我在学校不跟任何人说话，却一点也不觉得害怕与难过。

秋微有句话说得多好啊："孤僻和孤独是不一样的，孤独是没人能理解你，孤僻却是因为有更厉害的人能理解自己。有些人生活在孤

僻里，却一点也不孤独。"

再后来，我成了我们学校那年唯一考上省重点高中的学生。我拿着通知书去找老张报喜，但他不在。我这才意识到我没有他的任何联系方式，电话号码、地址、QQ号，什么都没有。

我上的高中离原来的学校很远，又是寄宿制，平时根本没机会出来，周末又肯定会错过。我等了整整半学期才等到一个出学校的机会，我匆匆跑回来找老张，却发现器材室已经换了人。

新来的老师告诉我，老张离开这里去上海陪女儿了，本来前一年就说要走的，都已经给学校递交了申请，却不知为什么改变了主意。

我再也没见过老张，再也没有。无论我怎样在同学聚会上抓着每个人打听，无论我在当年大火的校内网上发起了多少次寻人启事，他就像一滴水珠融进大海，万人如海一身藏。

因而，我也从没有机会对他郑重地说声"谢谢"，或者跟他确认当年留下是否因为我。我甚至开始一点点地忘记他的长相和神情，记忆中唯一鲜明的，是我们一前一后在操场上默不作声地绕圈，是他面无表情地把一本本书塞给我。

那是我对老张所有的记忆，也是我对中学时代最好的记忆。那个为我推开一扇门的人，已经转身走掉了，而我将会沿着他打开的那条路，永远步履不停地走下去。

文艺青年图鉴

艾　润

艾　润　笔名沐溪，写作者、媒体人，已出版《一切都是美好的安排》《人生只差好好静度时光》等书。

一

我对文艺青年有一个模糊的印象，是从高中时代开始的。那时候，在我的定义里，文艺青年一定要多才伶俐、爱读书、特立独行。不知道是不是学校地理位置优越、山好水好的缘故，高中三年我遇到了几位文艺青年，他们给我的印象颇深。

二

先从任课老师说起。老师姓庄，长了一张娃娃脸，非常容易脸

217

红，怎么都不像成熟老师的样子，因此我们更愿意叫她庄小姐。

庄小姐从师范院校毕业后便担任了我们高一（3）班的语文老师。她当时踌躇满志，可怎么也没想到自己面对的是一帮爱在语文课上翻杂志、睡大觉的学生。在我们学校，流行的是"学好数理化，走遍天下都不怕"的理念，语文课约等于自修课。

于是，在语文课上就出现了这样一幕：庄小姐站在讲台上兀自用动听的声音讲述着，讲台下的我们固执地埋头做着和语文课毫不相干的事情。

静悄悄的，没有人捣乱，也没有人发言，在语文课上庄小姐仿佛演着独角戏。就这样过了两周，语文课代表看不下去了，向庄小姐建言："老师，您应该拿出老师的威严来，否则大家根本不把您放在眼里。"

庄小姐想了个主意，开始推行《一千零一夜》里山鲁佐德为国王讲故事的方式，每节课结束前的 5 分钟，是例行的"庄小姐讲故事"时间。故事是庄小姐原创的，她想象力奇佳，把奇幻故事讲得一波三折，却总是在最关键的时刻戛然而止，然后来一句："欲知后事如何，且听下堂课分解。"听故事是有条件的，那就是一节课前面的 35 分钟我们要好好听课，才能享受最后 5 分钟的"庄小姐讲故事"。

时间久了，大家倒也慢慢地开始习惯庄小姐讲语文课了，才发现她的讲课方式非但不枯燥，还十分有趣。她讲课时总是声情并茂，偶尔还能穿插一些自编的情景喜剧。

眼看着我们对语文课的兴趣越来越浓厚，"庄小姐讲故事"就停了。她说："我的文学才华只能支撑我讲到这里了。前面会有更厉害的大师等着你们。"她开始给我们读名家的中长篇小说——刘醒龙的

《凤凰琴》、老舍的《月牙儿》、萧红的《生死场》等，我们就这样跟着庄小姐阅读了许多名家的作品。

不知不觉间，一个学期结束了。从一开始的排斥语文课，到后来爱上庄小姐的课堂，我们经历了不小的改变，有很多学生在庄小姐的熏陶下，养成了写作的习惯。大家开始觉得能这么一直上庄小姐的语文课，似乎也不错。

可突如其来的一条小道消息，让我们心慌了。据语文课代表说，为了提高升学率，学校声明，倘若哪个老师的教学成果不佳，所带班级的该科期末成绩是全年级倒数第一，任课老师便要被"发配"到后勤部工作一段时间。我们自然反对学校这种丝毫不留情面的政策，可在升学率为"第一要义"的高中时期，似乎也只能默默接受这样的"霸王条款"。我们在心里替庄小姐捏了把汗，因为期中考试的时候，我们班的语文成绩是全年级垫底的，庄小姐为此还被校长批评，红过眼眶。

从知道这个消息开始，大家心照不宣地想，就算是为了庄小姐，期末考试也一定要考好，不能让庄小姐被调到后勤部。因为每个同学都看得出来，她是真心热爱教师这个职业。说起来，她只比我们大几岁，还是个并不知晓世故的女孩子。

在这种高强度的自我激励下，我们班自然是取得了好名次。在庆功宴上，"八卦"的语文课代表不小心说漏了嘴，我们这才知道，那条消息不过是庄小姐和语文课代表研究出来的小伎俩。

一时间，同学们哭笑不得，大呼上当，有的同学愤愤不平，表示生气。庄小姐举手投降，决定要把欠着我们的故事的结尾讲给我们听。

那天晚上，大家围坐在一起，听庄小姐娓娓道来，激动之处，还用手比画。那个场景，是我这些年回想起来，始终觉得温柔的时刻，像木心的诗——"你这样吹过，清凉，柔和。"

三

除了教室，我每天停留最多的地方就是女生宿舍楼下的小书摊了。宿舍楼下有个小操场，四周都是柳树，常有男同学在那儿打篮球，课间休息时，操场上总是挤满了人。

黄大叔眼神精准，选中了这个绝妙的位置，摆了个书摊。书目丰富，让人目不暇接。女生爱看的言情小说，男生爱看的玄幻推理小说，只要你想要，就不会找不到。

传闻黄大叔写得一手好字，还会写小说，上学时曾在报刊上发表过诗歌。他曾经考上大学，因为家贫没能就读，机缘巧合才开始开书店、摆书摊。

每天一下早自习，我就咬着包子趴在黄大叔的书摊上看书。因为零花钱有限，没钱买书，有时候我趴在书摊上就把一本书看完了。黄大叔从来不会因此生气，不会因为我不买书就赶我走。于是，我就这样看完了三毛、张爱玲、毕淑敏的全集。

久而久之，黄大叔也成了我们学校的一道风景。他日日站在那里，靠着柳树，气质高冷，并不怎么喜欢和同学们闲聊，但也丝毫不让我们感到生疏。只要到了考试周，你就一定看不到他的书摊了。用他的话来说便是："虽然阅读课外书也是增长知识的一种途径，可到了考试的时候，还是要把脑袋里所有的空间都留给试卷哦。"

包子、课外书、黄大叔的身影，是我高中三年日日重复的画面。我从未觉得有什么不妥，直到有一天，黄大叔突然问我："你每天吃包子，不觉得烦吗？"

我哈哈笑出声，然后说："因为包子比较容易拿在手里，还不耽误另一只手翻书。倘若拿个菜夹饼或者一根油条，手油乎乎的，还怎么翻书呢？"

黄大叔颔首道："有道理。小姑娘这么爱看书，只怕以后要当作家。"不知道是不是我的错觉，我仿佛看到他那冷冷的面容上浮现出一抹微笑。

如今回想，黄大叔还真是个预言家。毕竟那时候，连我自己都没想过有朝一日我真的能成为作家，可以写书。

遗憾的是，因为年少胆怯，我始终没能郑重地对黄大叔说声"谢谢"。他不知道的是，他的小书摊真的是我走上写作之路的助推剂。在青春忧郁的少女时代，我读一本本书，写一本本日记，把无处安放的心绪释放出来，才慢慢踏上自己喜欢的文学之路。

四

除了庄小姐和黄大叔这样和我们有一定距离的"长辈型"文艺青年，我的同桌赵小刀也是一个不得不提的标准文青。赵小刀斯文白净，作文时常被庄小姐拿来当范文，高一时就能完整地背诵《古文观止》。

赵小刀有个长情的笔友，俩人通信长达半年，他每周都能从收发室取回笔友寄来的信，这令我们羡慕不已。可不知为何，赵小刀的笔友总是会有各种各样惨烈的遭遇，比如出车祸、遇上劫匪……这些令

人匪夷所思、宛若电视剧里的情节总是发生在他的笔友身上。赵小刀就省下零花钱买礼物寄给笔友，以表安慰。

半年后，赵小刀的笔友突然不再来信了。赵小刀长吁短叹，担心笔友出意外，非要坐车去笔友所在的城市看一下。

实在拗不过他，赵小刀的爸爸便带着他跨省去看笔友。

没承想，回来后，赵小刀就把笔友写的信都撕了。我们不知其中缘由，赵小刀深沉地吟了句诗："我本将心向明月，奈何明月照沟渠。"

后来有一次自习课，大家一起看《樱桃小丸子》，有一集讲的是小丸子交了笔友，笔友说自己的生日要到了，小丸子就给笔友寄了礼物，之后对方就断了联系。

赵小刀叹了口气说："我有过和樱桃小丸子一样的遭遇。"

我们终于知道了赵小刀被笔友欺骗的整个过程。刚想安慰他，他潇洒地一挥手，说："算了，我心向过明月，曾经她就是明月。"

那个气场十足的姿态，是16岁少年最明媚也最倔强的青春轮廓。

五

后来我回学校看过庄小姐，她结了婚，生了宝宝，眉宇间都是初为人母的安详。但她转身从书柜上拿下一本英文版的《傲慢与偏见》递给我的时候，微笑的神情，一如当年的模样。

我上大学的时候，有一次回老家，碰到了黄大叔。他在我们县城开了一家面馆，我恰巧过去吃饭。他爽朗地笑着说："这顿免单，我请。"

至于赵小刀，在同学聚会上，我们见到了他和他太太，俩人站在一起，一对璧人。席间有人提起笔友的事，赵太太笑呵呵地说他傻，小刀一脸宠溺地解释道："当时年龄小嘛。"

时间带走了我们年少的模样。伶俐的庄小姐、高冷的黄大叔、温良的赵小刀，都变得越来越柔软、接地气，可那颗文艺心始终都在软乎乎地跳动着。

如今回看，我的青春因为有了他们，才有了别样的光彩。

对弈荒野向晚钟

权　蓉

权　蓉　青年作家，杂志编辑，开设专栏"蚯蚓九段"。《读者》签约作家。曾获"周庄杯"全国儿童文学短篇小说大赛三等奖，《内蒙古日报》"十佳文学新人"，内蒙古大学第六届文学创作高级研究班学员。

教我们体育的老师总是不够硬气，不是被别的老师把课霸占了，就是在上课时被承包了学校小食堂的师娘叫去炒菜、打下手。被安排在上午和下午最后一节的体育课常常处于两个极端，要么圈禁，要么放养。

体育课地位不高，处于"失业"边缘的体育老师们便被德育处征去抓逃课的学生，一抓一个准。不是因为体育老师身手敏捷，而是学校所在的小镇很小，什么都只开一家，网吧、电影院、租书店……晚自习他们出去走一圈，守株待兔就行。

"待兔"的其他老师都很勇猛，收获颇丰，只有我们的体育老师总是漏洞百出，不是大声说话惊了人，就是大意地忘记了还有后门。几次之后，这种联查也不让他去了。

某个初夏的上午，一个回家探亲的奥运冠军顺便回校访问，校领导集体全程陪同，整个教学楼的阳台、窗户旁全是热血沸腾的围观学生。

等到热闹散去，班里的体育生说，那个冠军就是教我们体育的这位老师当年挖掘和培养起来的。大家半信半疑，因为刚才那个盛大的场面他完全没有出现。

衣锦还乡者和伯乐难道不应该在操场上热情拥抱，对那些当年不看好自己的甲乙丙丁横眉冷对吗？最好当年还有落井下石的，要专门站到他们面前去昂首挺胸地示威……不过事实证明，我们这些幼稚的幻想打不倒语文，打不倒数学，更打不倒英语、综合，反倒是它们被上课铃打断。随着铃声走进来的化学老师，对与有荣焉的我们说："都收心上课，奥运冠军才有几个。"

但因为奥运冠军的这次归来，我们体育老师热爱体育的心又被激发起来。体育课也由放养似的场面变成了备战训练，由"准备活动完了就自由活动"变成"运动量太小的就给我检讨"，并且他和我们保持相同的训练节奏。他最爱干的事情是跟体育尖子生们比赛跑步，有时比得太尽兴，下课了还没结束，其他班下课的学生在教学楼上起哄，他是不管的，只是风一般地在操场上继续奔跑。

学校运动会有女子篮球项目，我们班一上场，队伍就散了，因为对手竟然不按常理出牌，明明目标是篮球，她们却拖住人又掐又咬。在场外指导的体育老师叫了暂停，对围上来的队员们恨铁不成钢地说："你们就不能不掐人、咬人、踢人吗？这是战场啊。"

不过，最终女子篮球赛没有比下去，因为惨烈的场面让在场外加油的男生们都瑟瑟发抖。直到我毕业，这项赛事都没再恢复。

也是在这次运动会上，体育老师坐在裁判席上当起了排球比赛的裁判，谁知打得激烈酣畅的时候，排球越过球网，直接朝他脸上砸去。我们也没有想到体育老师如此不堪一击，他没有把球挡回，而是直接从裁判席上摔了下去。

体育老师这一摔，受伤休息了，体育课就被正大光明地"还给"了班主任。班主任秉着公平公正的原则，又把体育课的课时均衡地分给了其他科目，偶尔空出那么一节，就把我们交给隔壁班的体育老师，和其他班合并着一起上。

隔壁班的体育老师很年轻，不过对占课一类的事也随大流，不争不抢。但轮到一节，他就会高效利用，把课外活动加进来组合成一节大课。他的体育课在操场上待的时间不多，常用来搞野外活动，这对一贯接受封闭式管理的学生来说太有吸引力了。让他代课时，我们也就跟着出去放风，大家爬到山顶后便鬼哭狼嚎地吼，他坐在远处抽烟，笑着骂我们是小屁孩。

我们爬的山就在学校后面，顺着峭壁上蜿蜒的台阶走，台阶走完是土路，再爬一截，就是宽敞的一片空地；再往上走，又是一片平地。这样往上走五六段，才能到达山的顶端。从山顶往下看，山脚下的教学楼早已变成了一个小圈，倒是学校旁边的水库和学校农场更显眼。农场是用来给我们上劳动课的，四季农作物、各种家禽都有，但大家只对里面的橘子园感兴趣。因为校服口袋里装不下苜蓿、圆菜、莴苣、红薯、兔子……但橘子可以装进去。

在山顶虽然看得远，但也再没有什么远处，因为远处云遮雾罩的也是脚下这样的山。盘卧的小镇在这层叠绵延的山中，支撑着我们的落脚点，对再远的路没有太多探索，所以没有期望，也没有恐惧。就连全市排名第一，都不如小镇上新建了一个溜冰场更能让我们两眼放光。

老师们常常恨铁不成钢地教育我们要努力奋进，别人明不明白我不知道，反正我是有些懵懂的。有时上一刻打定主意要悬梁刺股，下一刻又忍不住心猿意马。只有一样是我长情地坚持着的，那就是勤奋地去图书馆借书。

好不容易迎来体育课，我们都不需要老师督促就麻溜地爬到了山顶。下山的时候，正赶上日落，不知是谁提议，说看看再下山，两个班大半的人都留了下来。突然，体育老师问，那边像不像荒野？放眼一望，夕阳下，我们每个人的脸庞都金闪闪的，但我们脚下的小镇在一片蓝黑的暮色里晃悠，淡淡的轮廓无声无息地准备沉进黑暗中去。大概就是那一刻，我对未来才有了很务实的想象，想要结束在小镇之中浑浑噩噩的生活，开始思考怎么去往外面的世界。

秋天的周末午后，和图书馆在同一长串楼里的一间教师宿舍起火，某个老师让人砸了图书馆把书搬出去，免得烧起来"火上添纸"。结果留校的学生在消防员到达之前就用盆舀着小池塘里的水将火灭了，起火的东头只烧了小半间屋，离它老远的西头的图书馆倒完全给毁了——到处是摔破的、踩脏的、水沤的、趁火打劫的书。不咋看书的几个同学说那个老师是防患于未然，有先见之明，但我一直偏执地认为是他毁了我的图书馆。和女子篮球比赛一样，到我毕业时，图书馆因为重建都没再开。

再等橘子红时，提前备考艺考、招飞的气氛让我不自觉地绷紧

了高考倒计时的弦。日子也一扫往日的散漫，并向我露出人生的刀锋——

有朋友午间找我闲聊，后来好几天一直都没有再碰见，忍不住去他班里问，才知道他已因病退学。他那天就是来和我告别的，现在我偶然想起，还会隐隐难过，因为当时我们说的竟然是和平常一样的闲话，我都没有好好说"再见"。

我的邻座，和别人发生冲突动了手，被德育处的老师要求写检讨。他硬着头皮不从，几天的拉锯战后，一怒之下退了学。那时空军招飞已过，就等高考，他是我们学校唯一一个过了前期审查和体检的。那几天里，我一直劝他低头，不要冲动，可最终都输给了他的"凭什么，我没错"。

平时很内敛的朋友，忍不住去跟自己喜欢的男生告白，那个样样出众的男生毫无悬念地给出"我们还是做同学吧"的回复。那时才发现，暗恋只要被戳破，就再回不到相安无事的状态了。她不觉得自己是他众多仰慕者中的一个，只承认自己是表白失败的那一个。冲刺阶段她选择自己复习，要回家备考，结果状态太差，最后连考场都没去。

……

还有我们的体育老师，他在痊愈后没有再回来上时有时无的课，直接辞职走了。这个在学校里格格不入的不硬气的体育老师在引来短暂的讨论后，就被忘了。那时，我还完全不了解，这是一个成年人在荒野中跋涉的模样。

可能这就是成长，不管你在荒野还是城堡，在正午还是黄昏，在起点还是途中，每个人都有开关。那开关不管对错，只管触碰某处的心窍，让你突然间拨开迷雾，将脚伸出来，要去走自己的路。

抱抱年少时那个无能的自己

闫　晗

闫　晗　专栏作家，央视《谢谢了，我的家》节目文学
顾问，作品散见于《中国青年报》《三联生活周刊》《中国新
闻周刊》等上百种报刊。

初中一年级是我学生时代最为黑暗的一年，以至于回想起来，脑
海里最先浮现出的就是一条阴暗的走廊，模模糊糊的，仿佛暗处藏着
什么可怕的东西。走廊的尽头，是初一（8）班的教室，正对着教室
门的是洗手用的水泥池子，老旧的水龙头锈迹斑斑，充满恶意的粗
糙。

不喜欢那年的一个原因是遇到了坐在我身后的男生小J。小J个
子不高，长着尖尖的窄脸，脸色常常是一种醉酒式的酡红，眼睛眯缝
着，时常发出一种不怀好意的光。不知是他长相如此，还是在我的回
忆中变丑了，他是我中学时代最讨厌的人。

学生时代总会遇到一些不喜欢的人，他们被老师安排在你周围，

想躲也躲不掉。小J在班里属于并不起眼的那种人，相貌平平也并没有丑得惊人，成绩平平却也谈不上倒数，捣蛋也排不进前五名，属于谁也不太关注的那种学生。

可他偏偏是我的地狱。自习课他几次三番把笔扔在地上，然后戳我后背，让我帮他捡起来。如果不给他捡，他会一直踢我的凳子。若是捡了，他又会得意扬扬地辱骂我："看，她真是条听话的狗。"一次，我气愤地把他的笔踢回他凳子旁，让他自己捡。他立即涨红了脸，用力地在我背上连打了几拳，嘴里恶狠狠地嘟囔着："你凭什么踢我的笔?!"他打得很用力，有些疼，但更主要的是一种屈辱感。很多时候我不知道该怎么面对，也羞于哭泣，只是背过身去，像鸵鸟似的一言不发，挨过那些自习课。

听英语听力的时候，他常常会踢我的凳子。每当我有什么尴尬情形出现，无论是做错了一道题，还是穿了一件土气的衣服，他都会大声嘲笑，幸灾乐祸。那并不是一个淘气的男生为了引起一个女生的注意做出的可笑举动，而是真的恶意。他扬扬得意地说很多难听的话，话语里的恶毒完全没有来由。他也不过十二三岁，身形还没发育成熟，不知他在生活里经历了什么，这样惯于攻击他人。

不过，小J也并不是对所有人都坏。他对我漂亮的同桌很谄媚，同桌家境较好，总穿着漂亮考究的衣服，有一阵还戴了一条金项链上学。他饶有兴趣地打听："是多少K的? 18K的吗?"同桌敷衍地回答他，因为觉得那询问中带着点儿不怀好意，便不怎么理他，后来或许觉得招摇，也没再戴那条项链。

我那时穿着普通，或许还有点儿寒酸。我的小学是在村里上的，初中时才转到镇上这所中学，整个学校没有一个熟悉的老同学，班上的同学普遍来自双职工家庭，还有一部分是非常富裕的——那会儿刚入学，还没统一定制校服，他们的穿着打扮和说话做事中都带着一种很高调的张扬。

我比较软弱大概也是因为个子矮小，长相平平，家境普通，没有朋友，无所依傍也就充满自卑感。那一阵，因为我妈调动工作的缘故，我家借住在一所小学院子里的两间平房里，家里来客人都是坐在卧室的炕沿上。我没有自己的房间，连个书桌也没有，每天都是盘腿垫着个硬纸板写作业。我倒是很习惯，但妈妈很担心老师来家访，因为没有地方给人家坐，太窘迫了。然而老师并没有来过，显然那所学校并不流行家访。

唯一支撑我的是，我成绩还不错，虽然升学成绩普通——那是村里小学的教学水平造成的。后来我的成绩很快赶上了，第一次期中考试就考了全班第二。在我爸参加家长会时，班主任似乎对我毫无印象，在发成绩单时，只提了一点：一个不讨厌的小姑娘。

班主任给我印象很深，在我眼里她是一个可怕的年轻女人。她对学生的主要教育方式是恐吓，屡次说，你们如果表现不好我就写进档案里，谁要是给我留下坏印象就完蛋了。我很意外一个不到三十岁的年轻女人为何散发着灭绝师太的气息。有一次她的裙子钩在了课桌上，扯了好大的口子，站在讲台上不敢走动怕走光。同桌觉得很好笑，我依然保持严肃，觉得不应该笑，主要是怕给她留下坏印象。她的教学能力还是不错的，据说同桌家里还是托了教导主任的关系才分到这个班上，她对同桌也和颜悦色得多。我很难去信任她，更不可能向她求助。

我也不知道小J和班主任谁对我的伤害更大些。那一年最糟的一件事发生在一次自习课上。小J揪着我的马尾辫用力拉扯，我捂住绷紧的头皮又气又恼，转过头说了句："你真讨厌!"我用尽全身力气也只不过说了那么一句话。小J刚要发作，牙缝里挤出一句"你说什么?"却突然扶起了课本，装作用心看书的样子。我这才察觉，班主任从教室后窗走过，她戴着茶色的眼镜，脸贴在窗玻璃上，在昏暗的光线下那画面显得很诡异。

那天，班主任听见教室里吵吵嚷嚷的，就让同学们写纸条，互相检举谁说话了。我放学后也被留了下来，我鼓起勇气，想要告诉她，是后桌的那谁谁一直给我带来很多困扰……那天天色已晚，班主任的脸色也不太好看，她用一种抽拉式的钢制教鞭敲着我的脑袋，不耐烦地打断我说："别说别人，我就问你，说话了没?"我似乎无法否认，默默杵在那里，全身的血液都凝固了，像一个木桩一样被她一下一下敲打着。直到她觉得这惩罚可以了，足够让我长记性了，才厌恶地说："行了，你走吧。"

我的脸很烫，走到水池那里洗了把脸，水很凉，走廊很黑，让我感到灰心丧气，似乎未来也黯淡无光。回家的路上，天已经黑透了，大地模模糊糊的，我将自行车蹬得飞快，路两边影影绰绰的树丛向后退去，眼泪不断滑下面庞，我用手背抹上一把，继续蹬车。我不知回家怎么跟我爸妈说这些，我一直是让大人很省心的孩子，到这所中学念书也是件不容易的事。我也并不觉得他们能解决我的困境——在成人的世界里，他们并不属于占尽优势的人，所以又能怎么样呢?

那天小姨也在我家吃饭，我试图调侃着说出被老师打了头的事情。小姨哈哈笑了起来，然后怪我太傻，她说调皮捣蛋的表哥经常被老师打，就要活络许多，知道护着脑袋跟老师讨价还价——老师，换个地方打吧，别打头。因为我从未挨过打，妈妈听了则有些气愤，一向乖巧的孩子居然也会被打？但我极力表现得情绪稳定，跟她说，如果我考第一她就不会打我了吧。

期末考试我真的考了第一名，后来一直保持稳定，果然班主任再没有打过我。那个时候，成绩是一种护身符。不过我们的关系依然冷淡，我除了担任过无足轻重的历史课代表，并未担任任何班干部职务。后座的男生依然继续着他的无聊举动，如果我大胆一些，或许会跟班主任要求调位置。然而并没有，内向的我也没有把这件事跟其他人讲过，假装已经忘记，成长里的很多事情大都是自己默默承担过去的吧。

幸好班里隔一段时间就要换一次座位，忘了多久之后，小J不再坐在我周围，他也并不会主动来挑衅。在班里，他也并没有什么朋友。初中的后几年，我没再见过这个男生，只是有一段时间里想起他的脸，我都会不寒而栗，感到厌恶、恐惧以及对自己无能的愤怒。我当时并不知道该怎样面对这样的人，只是为不必再跟他同一班级感到幸运。那时我想，只要往前走，总会甩掉一些讨厌的人。

自那以后我也遇到过无端的恶意，也明白这个世界上不可能所有人都喜欢你，只是大多数时候你可以转身走开或者寻求帮助，而不是像在学校里那样，因为不能离开而不得不继续忍耐。

读大学的时候，寒假曾经在一家超市瞥见当年的班主任，我默默避开了她，虽然她也并不见得能认出我来。那会儿，我还恨着她，至少无法装作若无其事地和她笑着寒暄。

很久很久之后，当我成为一个大人时，再回想当年的事情，心想，那个讨人厌的男生，应该也为人父了吧。不知道他怎么看待当年

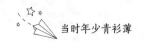

发生的一切。他的中学时代，想必也过得不好。因为自己弱，也不想让他人过得好的人，他的世界总不会太光明。

这几年，到一些中学做校园活动时，我有时会讲这段经历。台下的同学起初是笑着的，听着听着，渐渐沉寂下来。这是一件别人眼中很小的事情，可我花了很长时间消化它，直到可以笑着说出来。在一次又一次讲出后，我开始变得坦然，似乎穿越回了过去，抱了抱当年那个无助的小女孩。

我曾经以诗人的名义行走世间

闫 红

闫 红 《新安晚报》编辑，人气专栏作家，著有《误读红楼》《她们谋生亦谋爱》《你因灵魂被爱》等书，曾获《读者》"金百合奖"、安徽文学奖等奖项。

我读初二那年，学校要开大会，班主任让我写首诗到台上朗诵。

在这之前，我也写过诗，但班主任并不知道，她大概只是简单地觉得，一个作文写得还不错的人，应该也会写诗。

那是 20 世纪 80 年代末，一个充满诗意的年代，几乎全民都在写诗。那时诗歌几乎是小说之外大家最喜闻乐见的文体。

我接到老师布置的任务，便奋笔写了一首。考虑到盛会的气氛，我觉得诗不能写得太私人化，可那时我也不知道怎样选择更为公众化的题材，就写了一首类似于"慈母手中线，游子身上衣。临行密密缝，意恐迟迟归"那种意思的诗，叫作《妈妈，我要远行》。大意是：海阔凭鱼跃，天高任鸟飞，妈妈，我要奔赴无尽的远方了，您就别为

我牵肠挂肚了。

说实话，那个时候，我妈比较野蛮、粗暴，没那么多慈母情怀，而我也没有远行的打算。然而，写作就是自己给自己制造幻象，在写这首诗的过程中，我创造了一个全新的妈妈和自己。

我爸从来都是带着亲情滤镜看自家人的，先是对着这首诗激赏，激赏完了还不算，又去找住在巷口的报纸副刊编辑——我称呼他"王叔"。我爸一直认为王叔是全报社最有才华的人。

据说王叔看了，连说几个"不错"。我爸认为王叔历来眼高于顶，他觉得不错，那这首诗一定是真不错了，便问他这首诗能不能发表。王叔说："那就留在这里吧。"

几天之后，这首诗发表在小城日报第四版的副刊上，注明我是某某初中某某年级某某班的学生。那时候，小城所有的文化人都会读报，而且大多数人能读到的，只有那份日报。我从此就算是跨入小城的文化界了。

我爸找到了培养我的新方向，特地给我订了一份《诗刊》，买了很多本诗集，后来又拿回一张剪报——《诗人今年十六岁》——给我看，其主人公是田晓菲。许多年之后，我看到她写的那本关于《金瓶梅》的随笔，不知道她还有没有写诗。

我爸还带我去剧场看诗歌朗诵比赛。我第一次参加这种文化活动，只见在舞台明亮的灯光下，轮番上场的男女个个仪表不凡，男的英俊潇洒，女的美丽优雅，像从琼瑶剧里走出来的一样。当他们用颤抖的声音朗诵起《四月的纪念》这类散文诗时，就更像了。

我正看得入神时，我爸忽然离座，他发现前面有一个熟人，便兴高采烈地奔了过去。过了一会儿，我爸招手让我过去，对我说："我跟他们说好了，你待会儿把你上次写的那首诗也朗诵一下。"

我一时十分紧张，但也有点儿兴奋，就像刚开始学游泳的人被迫下水，既害怕又期待。接着我就听到主持人喊我的名字，仿佛一阵潮水涌过来。我顾不上再想什么，只能奋力迎向眼前白茫茫的浪涛，好在那首诗我在学校的大会上朗诵过，老师还教我做了几个手势，这次我凭着本能，重复了上次的表演。

那首诗写得不短，背完前半段，我的紧张感消失了大半，某种明亮的愉悦感升起来，我开始注意台下黑压压的观众、剧场里华丽的灯光，开始感到某种被称为"光环"的东西正将我包裹，我明知道那种梦幻感只是暂时的，但在那一刻，它像一双翅膀，带着我飞翔在这个剧场中。

朗诵完毕，我回到座位上，整个人还是晕乎乎的。这时，前排的一个男孩回过头来，看了我一眼，又对他旁边的人说了些什么。我感觉他对我非常注意。

我的感觉没错，没过几天，我收到一封信，正是那个男孩写的，我们姑且称他为 F 吧。F 告诉我，他在报纸上看到这首诗的时候，就为之折服，很高兴能够在剧场见到作者，不知道有没有机会进一步交流。

这是我第一次收到读者来信，而且不是普通的读者——随着这封信一起寄来的，还有一本杂志和几张剪报。那本杂志我很熟悉，是很多中学生都会订阅的一份作文期刊，封二赫然是 F 的照片，还刊登了他的一首小诗，再加上那些剪报，足以证明，他已经是少年诗人中的佼佼者了。

只是有一点不和谐：他当时是一所技术学校的学生。倒不是我势

利，而是因为当时的初中生，学习最好的会考中专或者重点高中，学习一般的考普通高中，学习比较差的才会去考技校。有一次老师跟我爸说我将来可以上技校，把我爸气坏了。我想F大概和我一样，过于偏科吧。

我也想好好地给他回一封信，却怎么写感觉都不对，我缺乏那种对陌生人倾诉衷肠的能力，也不擅长寒暄，最后就有点儿词穷，信写得干巴巴的。

不过那有什么关系呢？对于少年来说，通信本身应该就是很有意思的事了吧？当然，像F这样成名甚早的人，应该收到过无数读者的来信，但他不是欣赏我吗？我凭直觉感到他是一个好脾气的、不会轻易对人失望的人。

回信果然很快就收到了。这一次，他邀请我周末去参加一个"当代校园诗歌研讨会"。听上去是不是特别"高大上"？不过地址是在他家乡某县城某单位的会议厅，好在这座县城正是我父母的老家，我经常去。

研讨会在周日上午举行，我得周六下午过去，而周六我们还要上课，所以我要向班主任请半天假。F倒是给我寄了一张像模像样的邀请函，可我不确定它能否取得班主任的信任，毕竟，研讨会的地址看起来就很有山寨感。

班主任的确对着那张纸看了好一会儿，不过，可能因为我并非她特别看好的学生，最终她同意放行。

于是我在周日上午顺利地出现在研讨会的现场，同去的还有我弟、我小姨、我表哥——小县城鲜有什么盛事，没啥热闹可看，有这么一个机会，他们就都来了。我开始还有点担心他们跟这么严肃的研讨会不匹配，但到现场一看，我感觉自己在他们心中的地位很有可能会降低。

那些来宾看上去既不"校园"也不"诗歌"，也不特别"当代"。算了，反正也过去很多年了，我想说，他们看起来很土，女孩子头上扎着大大的蝴蝶结，男生穿着脏兮兮的太子裤。也不是那种很张狂的土，他们都很静默，互相看着，眼睛闪闪的，没人说话。

在这些人里，F可谓鹤立鸡群，他本来长得就不错，表现得也落落大方，遣词造句非常得体，如果不看下面的观众，还以为他是中央电视台的主持人呢。

远道而来的我，受到他的特殊照顾，被点名发言，可怜我根本没有什么诗歌理论，总不能把我写的所谓的诗再背一遍。在大庭广众之下，我胡乱说了几句，词不达意，甚至连我自己都不知道自己在说啥。

我生平参加的第一场和文学有关的研讨会，就这么潦草地结束了。

还有一个尾声。几天后，有一名同学要参加一个和计算机有关的比赛，他爸爸在大学里教编程。他向班主任请假，班主任特地在班里说："像这样正规的比赛，我是鼓励大家参加的，有些杂耍，还是算了吧。"我觉得她是在针对我。

我后来没有再发表过诗歌，也很少跟人谈诗，只是有个小本子，我的诗都写在上面，但仍然不是我想象中的那种诗。在我看来，诗歌应该是一种神出鬼没的表达，与大众无缘，我只能尽力靠近它。

而在我被视为诗人的那个年代，诗歌却是和光同尘的，是因为写诗不用写太多字吗？还是因为，在那个时代，不管诗写得好不好，人

人心中都涌动着巨大的诗意？无论怎样，这本身就是很有诗意的事啊。

所以，即使只是写过那样平凡的诗，也不是什么汗颜之事；再想起那场研讨会，也不再是既惭愧又有点怕被人看不起的心情。凡经过的，皆被生活酿成诗，在中年的清寒里风干，连同那潦草，都成了一种情致。

中学时代的"外交大使"

巫小诗

巫小诗　自由撰稿人，旅行体验师，受邀旅行多国。现实如山，而她浪漫如云，已出版随笔集《你是我的游乐园套票》。

我的中学时代，那是十几年前的事了。

我中学就读于一所封闭式管理的寄宿制学校，学生们每月只休息两天，外地的同学甚至几个月才回一次家。

学校的日常管理非常严格，不允许带手机，不允许读闲书，吃饭和购物只能去学校食堂和校内超市。和外界联系的窗口，大概只有那几部永远有人排着队的公用电话，同学们几乎可以说是与外界隔绝了。

说来无趣，但平心而论，这里确实是个很好的学习环境，同学们"两耳不闻窗外事，一心只读圣贤书"，毕竟在这里除了学习也做不了别的事。

同学们在这个人口众多的"微型王国"里生活着，学习着，一切井然有序，但同学们百无聊赖。

而我不一样，我是这个封闭环境里的"例外"，是大家的"外交大使"。

我家离学校特别近，近到在我家就能听到学校里的铃声。因此即便是在封闭式的寄宿制学校里，也存在极少数和我一样的走读生：跟大家一起上学，一起接受严格的管理，然后自己回家吃饭睡觉。

我是我们班的外宿独苗，是同学们和外界联系的重要通道。同学们在校内买不到的东西，我可以帮忙带；同学们在校内听不到的新闻，我有一手消息……虽然我的成绩不算拔尖，但人缘一直很好。

有段时间，校园里风靡交笔友。那个年代的校园杂志，常会在边边角角刊登一些中学生读者的座右铭，并附有通信地址。大家在座右铭中挑选自己喜欢的句子，或者在那些名字里挑选一个好听的，然后把这个人的通信地址抄下来，给她或他写信，在枯燥的学习之余，觅一个远方的知音。这是当时的我们认识其他中学生的唯一方式。

班主任肯定想不到，被同学们竞相传阅的、旨在提升写作水平的校园杂志，最受人欢迎的，居然是角落里的通信地址。

但同学们肯定能想到，交笔友这种事，班主任是不会支持的。当时每个班的信件都会被门卫大爷统一送到班主任处，再由班主任分发，那怎样才能绕过班主任收信呢？

是的，你们没有猜错，该作为"外交大使"的我出场了。

我成了全班同学和他们在全国各地的笔友的中间人：我帮他们把信投进我家附近的邮筒，他们则把收信地址填成我家。

有意思的是，杂志上刊登的名字和同学们使用的名字往往不是真名，而是一些"中二"气十足的笔名。我记性不太好，加上通信周期又很长，有时候收到回信，我都想不起这名字是谁的，于是课间挨个儿去问："喂，你是冷清秋吗？"同学回答："不是，我是发如雪。"

更有意思的是，会有同学选到相同的笔友。信到我手里的时候，我觉得收信人名字有点儿眼熟，前几天好像帮忙寄过一封给她的信，好像是某某同学的，便会去确认一下。

确认重复之后，第二个同学就很生气，像遇见情敌似的。毕竟有先来后到，她考虑到对方在同一个班里交两个笔友可能有回信的压力，便在一气之下把自己的信拿回去，重新选了个笔友，但又不想大费周章重新写信，就重新写了个信封，再把信件里的称呼用胶带纸小心翼翼地粘掉，改成新笔友的名字，重新寄出。反正都是陌生人，信寄给谁都一样。这件事，当时被同学们议论了好久。

其实，我说"像遇见情敌似的"只是调侃。那个年代，十三四岁的年纪，真的很单纯，交笔友就是交笔友，不掺杂什么复杂感情，就是聊彼此的生活、聊文学、聊音乐。女孩更喜欢给女孩写信，毕竟少女的心事，只想讲给懂的人听。

当然，"笔友热"和曾经风靡校园的其他事情一样，总会有退散的时候。其实，当时的回信率挺低的，我代收的信，远少于我帮忙寄出的信。

我的同学们基本上只给一两个笔友写信，但我相信在杂志上刊登地址的人，绝对会收到不止一两封来信。他们没有精力逐一回信，只会从中挑选一两封信回复，而我的同学们大概率没有被选中。

是啊，当你满腔热情地写好信，向远方的陌生人敞开心扉，一个月、两个月……一次、两次……对方始终没有回应，你也就不想再写

了，这扇门也就关上了。

我猜，班主任知道有同学在悄悄地交笔友，甚至知道我在悄悄地做他们的中间人。但他并没有在班上公开批评我们，甚至没有私下找我谈话，只是在一次作文讲评课上，说了句意味深长的话："那些字写得丑、作文又写得不好的同学啊，难怪你们连笔友都交不到。"

听得我们又好笑，又扎心，又后怕。现在想想，"凶神恶煞"的班主任，还是有点儿可爱的。

那时，我不仅是同学们的寄信邮差，还是他们的"代挂"——不是代挂游戏，没那么高端，我是游戏菜鸟，我代挂的是 QQ 等级。

在那个年代，QQ 等级就是少男少女们的时尚标志。那时候 QQ 每天连续在线两小时为一个活跃天数，天数积多了变成星星，星星积多了变成月亮，月亮积多了变成太阳。你的 QQ 头像下要是有一个太阳，那你绝对是班上最靓、最酷的，走路都想提醒路人戴好墨镜，怕自己的时尚光芒把别人灼伤。

在 QQ 上想拥有一个太阳是很难的，封闭式学校的寄宿生想拥有一个太阳就更是难上加难，但我和几个关系好的朋友，QQ 等级都还挺高的。

那时，每天上午放学到下午上课之间有两个半小时的时间，这是我回家吃饭和午睡的时间。我回家第一件事，就是打开电脑，照着本子上记着的密码挨个把大家的 QQ 登录上，右下角的小企鹅乖乖站成一排，还挺壮观。

登录好后，我把电脑屏幕亮度调到最低，感觉这样能省点电，然后在午睡结束出门前，把电脑关掉，美滋滋地上学去。

这种情况持续了很长一段时间，我甚至都能背出我们几个人的

QQ号。眼看着QQ头像下面的星星、月亮都升了起来，却被母亲发现了我的奇怪举动，她觉得我是网瘾少女，一气之下，把我房间的电脑移到她房间去了。我和好朋友们的QQ升级之路，遭遇了滑铁卢。

那时候我的电脑很大，被搬走后我的房间空空的，我的心也空空的，我难过了好长一阵子。

说来也好笑，挂QQ等级这么无聊且没有实际用途的事情，我每天居然像上班打卡似的坚持着，像维护某种荣誉似的在乎着，现在想想真是无法理解。

但谁知道呢，也许我现在所坚持的、所在乎的，在未来的我看来也可笑至极呢。无论如何，彼时彼刻的在乎，就是意义的一种吧！

除此之外，我还是同学们的"代购"。说到代购，我可是十几年前就会网购的时尚中学生呢。

虽然电脑被搬去了母亲房间，但有合理需求时，我还是可以申请使用的，比如买书、买文具和衣服，毕竟网上的东西又全又便宜，我省下的都是母亲的钱。

那个年代，网购是件稀罕又复杂的事儿，要特意去银行开通网银，还有一个类似于U盘的"安全助手"要使用，每次付款前都要把各种信息重复填写好几遍，常常是"购物五分钟，买单半小时"。收货就更久了，感觉没有一个星期到不了，即便这样，在收到东西时还是觉得好神奇，感慨科技带来的便利。

那时候买书包邮的门槛很高，大约是99元甚至更高。幸好当时班上同学多，大家你一本我一本，你十二块五，他十三块九地凑在一块买，卖家也就轻松给包邮了。回想起来，这就是"团购"的雏形啊。

因为从网上买衣服要花时间挑选，也可能出现图片与实物不符的情况，同学们还是挺明事理的，不会麻烦我帮忙选购。但是，我有时候穿着自己网购的衣服去上学，会被其他女生问："是从网上买的吗？挺好看的，还有其他颜色吗？帮我也买一件。"

我欣然答应，并为自己的穿着品位得到认同而感到满足，丝毫不会介意撞衫的问题。我也从没想过收一些代购费、辛苦费什么的，完全沉浸在"外交大使"的使命感里无法自拔。那时候，真的好简单、好纯粹啊。

一晃，这些年少时的故事，都已成为历史，甚至还有些老土。

现在，大家都常用微信，QQ 很少登录了，没有人再去在乎头像下面的是太阳还是月亮，甚至没有人在乎我们精心取的昵称，加为好友的第一时间，备注就会被改成某某老师或者某某销售。

生活变得便捷又丰富，想吃什么，外卖半小时就送货上门；想买什么，快递一两天就到货。我们有无数的娱乐方式可以选择，我们能知道大洋彼岸发生了什么，我们不再写信，甚至不再用笔写字。

但回想起那个小小的、闭塞的、无聊的校园，那个我任职"外交大使"的"微型王国"，那个一心只读圣贤书，有一点甜头就感到幸福的中学时代，居然还有一丝羡慕。

我羡慕书桌前的专注，羡慕轻而易举的满足，羡慕简单的人际关系，羡慕不计回报的付出。

我站在争艳的繁花里，回忆淡淡雏菊的欢喜。我站在成人的世界里，羡慕正值少年的你。

每个人生命里都会有的时刻

刘晓蕾

刘晓蕾　大学教师，专栏作家，著有《醉里挑灯看红楼》。

每次看别人写的中学生活，不免羡慕嫉妒。因为我的中学时代，乏善可陈，既无趣，也不荡气回肠，连一段值得回味的初恋都没有。

我生于兹长于兹的家乡，也无甚特色。那是鲁西平原上的一个小镇，夏天很热，冬天很冷。鲁迅这样写他的故乡："苍黄的天底下，远近横着几个萧索的荒村。"吾乡也是这个样子——没有青山，绿水亦少，平原上长满了麦子、玉米和高粱，一个村子紧挨着一个村子，房屋是水泥混着红砖盖的，四四方方，平平整整。

这个地方太小，又太老，我想要离家出走。现在看来，我的整个中学时代，都在为此努力。

我读初中时，正好12岁。那个暑假里，我曾跟一个小伙伴去她表哥家玩，遇到了人生中第一本让我记忆深刻的书，不是《红楼梦》，

而是《月亮和六便士》。

彼时，我当然不懂月亮和六便士的深刻含义，但我体会到了某种孤独的情绪：我们共同生活在这个世界上，可是你是你，我是我，谁也不能理解谁。

我还摘抄过其中的一段话："我们每个人生在世界上都是孤独的。每个人都被囚禁在一座铁塔里，只能靠一些符号同别人传达自己的思想；而这些符号并没有共同的价值，因此它们的意义是模糊的、不确定的。我们非常可怜地想把自己心中的财富传送给别人，但是他们没有接受这些财富的能力。因此我们只能孤独地行走，尽管身体互相依傍却并不在一起，既不了解别人也不能为别人所了解。"

这段话，也未见得格外深刻，但足以让 12 岁的我悚然心惊。

初中的我，无心学习，整日闲逛，还不知道学习很重要，不知道这是唯一可以逃离家乡的途径。我留着男式短发，有点怒气冲冲，最爱跟男生吵架。吵架的理由很无聊，无非鸡毛蒜皮。

整个初中时代，我都这样懵懂如小兽，没什么值得说的。

对了，我的初中英语老师，对我影响极深。他读英语单词，语调拉得长长的，抑扬顿挫。三年后，我上了高中，英语老师点我读课文。我刚一开口说"Germany"，全班就哄堂大笑。原来我不仅把重音发错了，还把"a"的发音读错了。我初中英语老师教的发音，一大半都有问题。

这可麻烦了。一直到现在，我的英语都属于"半哑巴英语"。有时候，真不知道是什么事、什么人，就强行给你留下一道烙印。

中考时，班主任建议我直接考镇高中，他说："反正你也考不上重点高中！"结果却出人意料，班上只有我考上了重点高中——县一中。而高中的我，脱胎换骨，像换了一个人，从学渣摇身变成了学霸。

我尤爱物理和数学。但高二文理分科，几经摇摆，我还是选了文科，因为我的化学成绩很糟糕。

高中化学更接近牛顿的传统机械论，有规律可循，不需要额外的理解和想象，我却总以为元素们瞬息万变，深不可测。原来是我想多了。

数学，是我的拿手好戏，尤其是立体几何。印象里，在我的中学时代，没一道几何题能逃出我的手心。在看似不相关的事物之间，找出关联性；在混乱中，寻找明晰；在不可能里寻找可能……还有比这更酷、更激动人心的吗？

高考时，我的数学成绩是 117 分，满分 120 分，不过那年的数学比往年难，不然我可能会考满分。作为一个资深文科生，这样的高光时刻并不多，所以我一直念念不忘。后来我来到一所理工科大学教文学课，经常以此跟学生"套近乎"。

其实，我的高中生活并不顺利。离高考还有两个月时，我父亲出了车祸，家人瞒了我一个星期，等父亲病情稳定了，才告诉我。

父亲躺在病床上，说不出话来，眼里满是焦虑和歉意，他觉得自己会影响我高考。那个拍我入睡，陪我看星星，告诉我黄河在哪里又拐了一道弯，秋天会骑着自行车去果园买苹果给我吃的父亲，彼时衰弱不堪，再也不能给我安慰。我唯一能做的，就是考个好成绩，去安慰他。

我至今还记得父亲住过的那间病房。隔壁床是一对年轻夫妻，妻子在病床上破口大骂，丈夫把头埋在臂弯里，蹲在走廊上。我走过

去，他刚好抬起头。我突然认出来：原来他们是我的初中同学！他们是在初中时谈的恋爱，当时已经结婚了，可是，他们的脸多么灰暗，像被悲剧扼住了喉咙。

多年以后，我还会想起他们，想起他们的婚姻。在吾乡，我目睹的婚姻，很多都这样，阴云密布，雷声滚滚。

对了，回忆中学时代，不得不提我奇怪的头痛病。高中第一天，我就开始头痛，整整三年，饱受摧残，痛苦不堪。去了好几家医院，有的说是鼻窦炎，有的说是神经衰弱，还有的说是植物神经功能紊乱，吃了很多药也没好转。这头痛非常奇怪，只在临睡时发作，我要揪着前额的头发，皱紧眉头，才能勉强入睡。

久而久之，我接受了现实，既然老失眠，干脆就躺着复盘一天的学习成果，算是化悲痛为力量吧。后来，有人让我传授学习经验，我灵机一动，说这每晚复盘的习惯，也是好经验吧。

以上都是个人生活的琐事，不"高大上"，也没特别的意义。我的中学时代，唯一的目的，就是迎接高考。

我高中所在的班级，成绩不好，是通常说的烂班。至少有一半同学不事学习，也不在乎成绩，经常聚集在教室的后半部吃零食、大声吵闹。我通常坐在第一排的角落，独自默默刷题。

一次，后面突然安静下来，一个男生跑过来给了我一串葡萄。难道是他们觉得打扰了我的学习，不好意思了？其实，我一点也不嫌烦。他们是他们，我是我，我们各自生活在自己的世界。

这倒不是什么大度，而是模糊的理解：嗨，他们不就是初中的我吗？每个人的内心都藏着一个不听话的自我，藏着许多喧哗和躁动，这就是叛逆吧。我的叛逆，是在初中，比他们早一些而已。

高考终于来了，高考终于结束了，高考的分数终于出来了。

我骑着自行车去班主任家里查看分数，一进院门，几个同学也在，他们惊讶地问："你怎么来了？"

我一脸不解："我来问分数啊！"

他们的表情都很古怪："你还不知道自己的分数啊？"

我心里咯噔一下：啊，我考砸了？

当时，班主任不在家，他太太跑出来说："哎，你就是刘晓蕾啊？你考了全县第一呢！全班就你一个人考上了！你老师可感谢你呢！"

大学录取通知书来了，班主任亲自送到我家里："幸亏你考上了，还是高考状元，不然全军覆没，我可怎么跟学校交代啊！"

到此，我的中学时代就结束了。

一次，一个学生问我："老师，如果让你对中学时代的自己说一句话，你会说什么呢？"我会告诉中学时代的自己："不要害怕，在关键时刻，你做了正确的选择。"

这个关键时刻，是指我突然刻苦学习的那一刻。

每个人的生命里都有这样的时刻，而且不止一次。

萨特说，存在先于本质。一个人，不应该被环境和境遇塑造，是我们的选择和行动，让我们成为现在的我们。没有什么能定义我们、决定我们，说到底，所谓命运，就是一次又一次的选择。

后来，我在大学读哲学，看苏格拉底拉住行人，问"什么是美德"，并追问"什么样的人生值得一过"，看康德说"天上的星空和内心的道德律"，而心醉神迷；后来，我选择去读文学博士；再后来，我当了大学老师，爱上了《红楼梦》和《金瓶梅》……

　　每一个时段的"我"，都是之前的"我"选择的结果。

　　我永远记得，中学时代的最后一段时光——我每天穿梭于医院和学校，等待高考的到来。校门口有一大片麦地，我看着麦子吐穗，麦子变黄……傍晚时分，我拿着课本，坐在田埂上，手臂被麦芒刺痛，小虫漫天飞舞，麦子的气味、青草的气味纷至沓来。天色渐暗，我在想象 10 年、20 年后的自己。

　　那时的我，刚好 18 岁。